rowohlt

BOTHO STRAUSS

Leichtes Spiel

Neun Personen einer Frau

Ein Theaterstück

ROWOHLT

1. Auflage März 2009

Satz aus der MT Walbaum PostScript von
hanseatenSatz-bremen, Bremen
Druck und Bindung CPI – Clausen & Bosse, Leck
Printed in Germany
ISBN 978 3 498 06409 9

Mein Leben, leichtes Spiel dem Todeswind,
hängt federleicht auf meinem Handrücken.

T. S. Eliot, *Ein Lied für Simeon*

1 PANIKTAG
(Die Ängstliche)

Supermarkt. Einkaufsregal mit Haushaltswaren, zum Teil leergekauft. Die junge Mutter, das Baby um den Oberkörper gewickelt, schiebt ihren halbgefüllten Einkaufswagen am Regal entlang. Zu ihr tritt der linkische Mann, mit einer Sammelpackung Apfelsaft unter dem Arm.

DER LINKISCHE MANN Ich habe keinen Wagen mehr bekommen. Darf ich meine Sachen mit in Ihren Wagen legen?

Die junge Mutter, etwas ratlos, will weitergehen. Doch der linkische Mann hält den Wagen auf.

DIE JUNGE MUTTER Wie soll das gehen?
DER LINKISCHE MANN Nur bis zur Kasse.
Warum kaufen wir das alles?
DIE JUNGE MUTTER Weil irgendeine Krise ausgebrochen ist und ich ein kleines Kind habe.

Sie nimmt Windeln und Wischtücher aus dem Regal, sucht nach irgendeiner anderen Ware.

DER LINKISCHE MANN Wie heißt der Laden? Rewe?
DIE JUNGE MUTTER *(stutzt)* Nein … Das ist doch Spar hier.
DER LINKISCHE MANN Es ist also eine Krise ausgebrochen.
Welche?
Ich habe heute früh keine Nachrichten gehört.
DIE JUNGE MUTTER Ich weiß nicht. Vielleicht ein Attentat. Oder ein Börsenkrach.
Am schlimmsten wäre Seuchenalarm.

DER LINKISCHE MANN Ich habe keine Alarmsirene gehört.
Alles ist still auf den Straßen.
Die Leute sind wie die Heuschrecken über die Geschäfte hergefallen.

DIE JUNGE MUTTER Nein, wie die Hamster. Es muß irgend etwas ganz plötzlich passiert sein.
Meine Nachbarin sagte: Mach schnell, kauf ein.
Bevor es zu spät ist. Denk an den Kleinen.

DER LINKISCHE MANN Wir scheinen hier die Letzten zu sein.
Die Regale sind schon ziemlich geplündert.

DIE JUNGE MUTTER Topflappen gibt es noch jede Menge.
Aber Wäscheklammern sind keine mehr da.

DER LINKISCHE MANN Ich saß zu Hause über meinen Büchern.
Vollkommen abgeschirmt. Auf einmal ergriff mich eine diffuse Unruhe. Ich sprang auf und rannte auf die Straße.
Bei Aldi gab es keine Getränke mehr. Das sieht nach einer Massenpsychose aus.

Während sie miteinander sprechen, packen sie immer mehr Waren in den Wagen, bald ganz ohne zu wählen.

DIE JUNGE MUTTER Haben Sie was mit Medizin zu tun?

DER LINKISCHE MANN Nein.

DIE JUNGE MUTTER Klingt, als hätten Sie was mit Medizin zu tun.

DER LINKISCHE MANN Wenn Sie wollen, trage ich Ihnen nachher die Einkaufstüten nach Hause.

DIE JUNGE MUTTER *(bleibt stehen, mustert den linkischen Mann)* Können Sie eventuell eine kaputte Jalousie reparieren?

DER LINKISCHE MANN Kommt drauf an. Ich bin nicht gerade der Typ Heimwerker.

DIE JUNGE MUTTER Es ist so eine Art Lamellenjalousie.

DER LINKISCHE MANN Hängt sie bloß schief oder–?

DIE JUNGE MUTTER Hängt schief, ja. Klemmt. Läßt sich nicht mehr ziehen.

DER LINKISCHE MANN Ich meine: Hängt sie oben? Kann man sie nicht mehr runterlassen?

DIE JUNGE MUTTER Genau. Sie geht nicht mehr runter.
Ich kann tagsüber nicht aufs Klo.
Man sieht alles vom Nachbarblock.

DER LINKISCHE MANN Haben sich die Strappen – die Strippen, das, woran man zieht – sind die verdrillt?

DIE JUNGE MUTTER Verdrillt?

DER LINKISCHE MANN Verwickelt, verdreht ...

DIE JUNGE MUTTER Sie sprechen manchmal wie mein Mann.
Der will auch alles pitzelgenau wissen.

DER LINKISCHE MANN Warum repariert Ihr Mann nicht die Jalousie?

DIE JUNGE MUTTER Mein Mann ... ist Arzt. Aber zu was Praktischem nicht zu gebrauchen.
Gegenwärtig ist er auf einem Fortbildungsseminar.
Haben *Sie* die Haferflocken reingetan?

DER LINKISCHE MANN Erwarten Sie, daß er zu Ihnen zurückkehrt?

DIE JUNGE MUTTER *(mustert den linkischen Mann)* Nein.

DER LINKISCHE MANN Ich bin wahrscheinlich im Haus genauso ein Nichtsnutz wie er.
Aber die Jalousie kriege ich hin.

DIE JUNGE MUTTER Er ist ein Genie. Ein blitzgescheiter Mensch.

DER LINKISCHE MANN Ist das Kind von ihm?

DIE JUNGE MUTTER Darius heißt er. Darius heißt auf persisch: nur Gutes!
Ein Kind braucht im Durchschnitt fünftausendachthundert Windeln, bis es trocken ist.
Wußten Sie das?

DER LINKISCHE MANN Überall Kameras. Absurd. Wir sind hier mitten im Film.
Die Letzten mit den Resten.

DIE JUNGE MUTTER Man traut eigentlich niemandem mehr.

DER LINKISCHE MANN Irgendwo findet sich immer ein guter Onkel, der einem zu Hause etwas in Ordnung bringt.

DIE JUNGE MUTTER Sind Sie sicher?

DER LINKISCHE MANN Sicher? Worin?

DIE JUNGE MUTTER Daß Sie ein – guter Mensch sind?

DER LINKISCHE MANN Wie kann man da sicher sein?

DIE JUNGE MUTTER Sehen Sie.

DER LINKISCHE MANN Manchmal genügt ein Blick auf die eigenen Fußspitzen, und man starrt ins Bodenlose.

DIE JUNGE MUTTER *(mustert den linkischen Mann)* Es fallen einem tausend Horrorgeschichten ein, wenn man dran denkt, daß ich Sie mit nach Hause nehme, obwohl wir uns doch erst eben zufällig kennengelernt haben.

DER LINKISCHE MANN Hören Sie, Sie sind doch eine gescheite Frau –

DIE JUNGE MUTTER *(brüllt plötzlich)* Gescheit?! Was heißt da gescheit?!

DER LINKISCHE MANN *(legt ihr die Hand auf den Mund)* Psst! ... Der Kleine.

Wenn Sie mich etwas genauer ansähen, dann wüßten Sie, an wen Sie geraten sind.

DIE JUNGE MUTTER Was tun Sie? Was machen Sie denn? Beruflich?

DER LINKISCHE MANN An mir können Sie die Beobachtung machen, daß ein Mensch noch senkrecht vor Ihnen steht, während er in Wahrheit bereits kopfüber in die Tiefe saust.

DIE JUNGE MUTTER Ich bin nicht fähig, Ihnen länger zuzuhören.
Ich platze vor Angst.

DER LINKISCHE MANN Ich werde Sie nicht quälen. Aber *Sie* hängen ja an meinen Lippen –

DIE JUNGE MUTTER Tun Sie nicht so. Nehmen Sie Ihre Sachen aus dem Wagen.

DER LINKISCHE MANN Wie soll das gehen?

DIE JUNGE MUTTER Die jungen Mütter sitzen abends auf ihren Balkonen.
Sie sitzen nach der Arbeit reihenweise auf ihren Balkonen und heulen, heulen haltlos in den Abend hinein.

DER LINKISCHE MANN Warum heulen sie denn?

DIE JUNGE MUTTER Sie heulen – weil sie heulen *müssen*!
Fünf junge Männer überfallen im Hausflur eine Schwangere und ziehen sie aus.
Sie sehen ihren vorquellenden Nabel und werfen mit Dartspitzen nach ihrem Nabel!
Und alle treffen ins Schwarze! Der Nabel ist rund mit Pfeilen gespickt.

DER LINKISCHE MANN Das gibt es nicht. Das geht doch gar nicht!

DIE JUNGE MUTTER Ach so? Das geht gar nicht? Na!

Eine Frau mit leerem Einkaufswagen nähert sich aus einiger Entfernung.

DIE JUNGE MUTTER Meine Schwester! ... Gott sei Dank!

DIE SCHWESTER *(schroff)* Wer ist das? Bist du verückt geworden?

DIE JUNGE MUTTER Ich weiß nicht ... Wie heißen Sie?

DER LINKISCHE MANN *(leise, wird überhört)* Jörg Bruhns.

DIE SCHWESTER Du läßt dich mit einem wildfremden Mann ein.
Weißt du nicht, was passiert ist?
Hast du komplett die Kontrolle verloren?

DER LINKISCHE MANN Was ist denn passiert? Ich wollte Sie nicht in Verlegenheit bringen.

DIE JUNGE MUTTER Der Mann will nur meine Jalousie auf dem Klo reparieren.

DIE SCHWESTER Ich höre wohl nicht richtig.
(wendet sich an den linkischen Mann) Sie ist Physiotherapeutin. Ihr Chef zahlt nicht.
Er meint, sie soll ihre Überstunden abbummeln.
Jetzt rennt sie den ganzen Tag im Supermarkt herum und weiß nichts mit sich anzufangen.
(zu ihrer Schwester) Kattrin! Nimmst dir fremde Männer mit nach Haus!
Und das Kind? Du mußt doch wenigstens spüren, daß dieser Mann eine Gefahr für dein Kind sein könnte.
Soviel Instinkt muß doch selbst eine dumme Maus wie du besitzen!

DIE JUNGE MUTTER Gut, daß du rechtzeitig gekommen bist.

DIE SCHWESTER Zufall! Der pure Zufall.
Und was, wenn nicht? Kattrin!

DER LINKISCHE MANN Wir haben bloß zusammen eingekauft.
Ich bekam draußen keinen Einkaufswagen mehr.

DIE SCHWESTER Wie heißen Sie?

DER LINKISCHE MANN *(murmelt, wird wieder überhört)* Jörg Bruhns.

DIE SCHWESTER Ich sage euch, die Stadt ist wie ausgestorben.
Vom Treidelplatz bis zum Albrechtsdamm die reine Geisterzone.

DER LINKISCHE MANN Aber die Menschen werden sicher bald wiederkommen.

DIE SCHWESTER Kein Mensch kommt. Kein einziger weit und breit.
Da hättest du brüllen können wie am Spieß. Niemand wäre dir zu Hilfe gekommen.
Kein Mensch. Jedes Kind weiß, daß man einen wildfremden Mann nicht mit nach Hause nimmt, und du hast ein Kind und bringst es trotzdem in Gefahr.

DIE JUNGE MUTTER Es ist ja weiter nichts passiert.

DIE SCHWESTER *(zum linkischen Mann)* Mit ihr hätten Sie leichtes Spiel gehabt.

DER LINKISCHE MANN Ich glaube, es ist heute der sechste oder der siebte April.
Jedenfalls ein Dienstag. Wahrscheinlich wird er schon morgen der Schwarze Dienstag genannt.

DIE SCHWESTER Und was machen Sie sonst so um diese Zeit?

DER LINKISCHE MANN Na, ich esse einen Happen bei Subway, und anschließend mache ich einen kleinen Spaziergang im Ostpark.

DIE SCHWESTER Dann kommen Sie. Essen wir einen

Happen bei Subway und machen anschließend einen kleinen Spaziergang im Ostpark.

DER LINKISCHE MANN Beruhigen wir uns doch alle erst einmal.

DIE SCHWESTER Sie ist meine Schwester. Sie will es so. Sag, daß du es so willst. Kattrin!

DIE JUNGE MUTTER Ich will es so.

Die Schwester und der linkische Mann wenden sich zum Gehen.

DIE SCHWESTER Es gibt Menschen, die können nicht einmal danke sagen.

DIE JUNGE MUTTER Danke.

Die beiden ab. Die junge Mutter bemerkt die Waren des linkischen Manns in ihrem Wagen und ruft leise hinter ihm her.

DIE JUNGE MUTTER Ihre Sachen … Jörg Bruhns … Ihre Sachen.
Darius, mein Kleiner. Deine Mutter hat sich wieder mal dumm angestellt.
Aber du mußt auch ein bißchen aufpassen auf mich.
Du weißt doch besser als ich, wer gut ist und wer nicht.
Wildfremde Menschen gehen uns beide nichts an.
Obwohl sie im Prinzip ganz nett sind. Nur Gutes. Nur Gutes.

2 DIE SCHÖNE TRÄGE

Auf der linken Seite im Hintergrund ein langer ovaler Tisch, auf dessen beleuchteter Glasplatte die schöne Träge als Schläferin liegt, während sie gleichzeitig in derselben Bekleidung auf der Vorderbühne in einem geflochtenen Lehnsessel auf ihrer Sommerterrasse sitzt, neben sich einen zweiten, leeren Lehnsessel.
Mit Hilfe von Licht und Ton sinnliche Vergrößerung der Schläferin auf der Glasplatte. Das gelbe T-Shirt ist über den Nabel gerutscht, das linke nackte Bein gestreckt, das rechte angezogen, der Rand des weißen Slips schnürt vom Gesäß eine schmale Wulst ab. Der Schläferin Quellrauschen, Blätterwispern, Mondlächeln.
Neben dem Tisch auf einem Stuhl der Gast, ein etwa vierzigjähriger Mann in olivfarbenem Hemd und brauner Leinenhose. Sein Jackett hängt über der Lehne.

DER GAST Drei Wege führten zum Strand.
Katja, die Tochter meiner Gastgeberin, fuhr mit mir hinunter, als die Sonne schon sank.
Ich sah, wie der Weg mehr und mehr von auslaufenden Wellen unterspült wurde. Die starke Flut trieb das Wasser die Anhöhe hinauf. Ich sagte: Fahr nicht diesen Weg. Nimm einen anderen.

KATJA *(im Lehnstuhl auf der Terrasse)* Wieso? Macht doch Spaß.

DER GAST Da kam uns ein Rover vom Strand entgegen, und die Reifen quetschten das Wasser in hohem Schwall nach beiden Seiten weg.

Ich fragte das Mädchen:
Hat dein Wagen Allrad?

KATJA Ja. Allrad mit Sperrdifferential.

DER GAST Das wird dir wenig nützen, wenn du in eine Schlammkuhle rutschst.

KATJA Es wird schon gehen.

DER GAST Warum fahren wir zum Wasser runter, wenn es uns doch entgegenkommt?

KATJA Es steigt. So hoch stand es noch nie.

DER GAST Sie war ein hölzernes Mädchen. Bildhübsch, aber erloschen. Man hätte sie allenfalls zerbrechen können, aber niemals verwirren.
Müde?

KATJA Ja. Ein bißchen.

DER GAST Dabei war ich bereit, eine lächerliche Figur abzugeben. Ich hatte gehofft, sie würde mit mir spielen. Mich verspotten, triezen, hereinlegen. Wie man das so kennt von schönen Ferientagen. Aber sie kannte das Spiel nicht. Ich bin überzeugt, sie hätte es gespielt. Aber sie kannte es nicht.
Sie konnte einfach nicht flirten.

KATJA Mein Bauch tut weh.

DER GAST Seit gestern bildet sie sich ein, schwanger zu sein. Ich dachte erst: nur um mich abzuschrecken –

Er steht auf, holt einen Stethoskopschlauch aus der Jackentasche, tastet, klopft und horcht den Unterbauch der Schläferin ab.

DER GAST Tut das weh?

KATJA Etwas, ja.

DER GAST *(beim Abhorchen)* Inertia composita. Trägheit des Herzens. Trägheit der Füße. Trägheit der Lippen.

Trägheit des Darms. Wahrscheinlich auch der Gebärmutter.

KATJA Au!

DER GAST Es gehört zu den Lastern des strapazierten Arztes, auf Schritt und Tritt ein neues unbekanntes Krankheitsbild zu wittern.
Tatsächlich war mir ein solch hartnäckiger Fall von Inertia noch nicht begegnet.

Er verrührt Leinsamen in einer Schale mit Buttermilch und bringt sie Katja auf die Terrasse.

KATJA Wie gestern?

DER GAST Etwas mehr Leinsamen.

KATJA *(ißt)* Muß man mögen.

DER GAST Ja. Muß man mögen.

KATJA Ich war gestern nicht gut drauf.
Ich war gestern innerlich woanders.
Ich konnte nicht, wie ich wollte.
Wer weiß, was mit mir ist.

DER GAST Deine Mutter ist verzweifelt.
Sie versteht nicht, weshalb du dein Jura-Studium abbrechen willst.

KATJA Das mag sein, wie es will.

DER GAST Was willst du machen?

KATJA Schauspielerin.

DER GAST Hast du schon irgendwo vorgesprochen, dich beworben?

KATJA Das hat noch Zeit.

Sie preßt einen Schwall Tortensahne aus einer Flasche in den Mund.

DER GAST Wenn du noch mehr Tortensahne in deinen

Rachen spraynst, wirst du bald gar keinen Stuhlgang mehr haben.

Er geht zurück zum Tisch mit der Schläferin.

KATJA Wenn ich dürfte, wie ich wollte.

DER GAST *(nimmt die Hand der Schläferin und küßt sie)* Wie ist das?

KATJA *(teilnahmslos)* Super.

DER GAST *(streichelt die Brust der Schläferin)* Und das?

KATJA Super.

DER GAST Ich bin froh, dich zu sehen.

KATJA Ich bin auch froh, dich zu sehen.

DER GAST Ich liebe dich.

KATJA Ich liebe dich auch.

DER GAST Antworten einer Puppe.

KATJA Du! Wie heißt der andere Mann in deiner Praxis?

DER GAST Setzepfand. Henning.

KATJA *(schüttet ein Lachen aus)* Setze-pfand …! Das gibt's doch nicht.

DER GAST Ein Patient heißt Schluckebier. Und eine Frau heißt Wintermantel.

KATJA Setze-pfand … Da schrei ich, echt!

Im Hintergrund der Terrasse eine männliche Erscheinung: Mann in altmodischem Wams und mit Pudelmütze. Er hält einen Besen für Katja bereit.

DER GEIST Mädchen, du sollst Laub kehren auf deiner Terrasse.

KATJA *(steht auf)* Ja. Stimmt. Hab ich vergessen.

Sie nimmt den Besen und fegt ein wenig.

DER GEIST «Alles mausestill.»

KATJA Wer bist du?

DER GEIST Hamlet.

KATJA Der Schauspieler?

DER GEIST Der Prinz!

KATJA Dich kenne ich. Du warst doch schon mal hier.

DER GEIST Wo andere weitergehn, da blieb ich stehen.

KATJA Ich auch.

DER GEIST Dies Mädchen ist ohne Scham wie der Mond ohne Atmosphäre.

KATJA Warst *du* es also?

DER GEIST «Der Spaß ist, wenn mit seinem eigenen Pulver der Feuerwerker auffliegt.»

KATJA Du warst es ...

DER GEIST Du bist ganz was Neues. Dich kennt man noch nicht, Mädchen.
Pilotfigur. Ein Jugendidol. Wie ich eines war.

KATJA Wann war das?
Setz dich doch.

DER GEIST Ich war der Zauder-Prinz für viele Generationen.
Allerdings stets kampfbereit.

KATJA Und wer bin ich?

DER GEIST Die neue Müdigkeit.

KATJA Die Müdigkeit beginnt bei mir
mit meinem müden Haar.

DER GEIST Wie reist es sich, so jung und schön, auf diesem Greisenschiff Europa?

KATJA Na ja. Geht so.

DER GEIST Katja, der Vorhang fällt!
Wartet nur! Bald! ... Bald!

KATJA Setz dich doch.

DER GEIST Fürchterliche Kohorte der Anoraks!
Die Anoraks ziehen um die Welt. Die Säuerlichen schwärmen aus, säuerlich ihr Atem, säuerlich ihr Blut und grau die Haut. Nimm dir den Mann dahinten, bevor es zu spät ist. Bevor dich ein schlaffes Greislein schnappt.

KATJA Na!

DER GEIST Setz dich neben ihn. Geh auf ihn ein.
Leichtes Spiel.

KATJA Machst du mit?

DER GEIST Ich? Mich setzen?
Ich setze mich doch nicht.

Der Geist verschwindet.

KATJA Wo bist du?
Schwupps, weg.

Sie setzt sich auf ihren Sessel, rutscht unruhig hin und her.

DER GAST Was ist los? Sitz still.

KATJA Ich bekomme ein Kind.

DER GAST Doch nicht jetzt gleich.

KATJA Ich bin aber sicher.

DER GAST Du bist nicht schwanger, Katja.

KATJA Wie immer bei Männern, die man nur mit Pudelmütze kennt …
Man weiß nie, hat er Haare auf dem Kopf oder nicht. Wie sieht er aus, wenn er die Mütze abnimmt, ist da nicht doch die Glatze drunter oder noch was Schlimmeres, eine dicke rote Unfallnarbe.
Was mir beim Mann am wenigsten gefällt, ist immer der Nacken. Vom Hinterkopf zum Hals das Stück ist bei keinem Mann gelungen.

DER GAST Du redest auf einmal ohne Punkt und Komma.

Bist du aufgeregt?

KATJA Erzähl das noch mal mit dem Herzen.

DER GAST Wenn man bei der Operation ein flimmerndes Herz in den Händen hält, fühlt es sich an wie ein Haufen sich windender Würmer.

KATJA Das hast du schön gesagt. Ich kann es immer wieder hören.

DER GAST Wenn ich morgen abfahre, nach Hause –

KATJA Braunschweig oder –

DER GAST Aachen.

KATJA Aachen.
Ich glaube, ich möchte dasselbe machen wie du. Medizin.

DER GAST Ich schick dir ein Präparat aus der Anatomie.

KATJA Das ist lieb von dir.

Der Gast steht auf, küßt die Schläferin auf die Stirn. Sie erwacht, richtet sich auf und sieht ihm nach.

3 WIE SIE SPRECHEN!
(Die Kreative)

KATHINKA Immerhin haben Sie es erreicht, daß ich mich in der Mittagspause zu Ihnen an den großen Konferenztisch setze.

DER UMSTÄNDLICHE Es hat mich verwirrt, daß Sie – als Sie zusagten. Die Verwirrung entstand, als ich dachte, der Brief, den ich Ihnen schickte, bringt Sie vielleicht, zu Hause oder in der Firma, ein bißchen in Verlegenheit. Und dann: ein Brief, wie altmodisch!

Am großen Konferenztisch sitzt er vorgeneigt über der Tasse, mit aufgestützten Ellbogen, läßt ein Stück Würfelzucker in den Kaffee fallen und zergehen. Kathinka, ihm schräg gegenüber, lehnt seitlich ihre Taille an die runde Tischkante, hat den einen Arm flach über die Tischkante gelegt, der andere hängt über den gekreuzten Schenkeln, beide zusammengehalten von zehn ineinandergesteckten Fingern, die sie manchmal geräuschlos nach innen drückt. Sie sieht ihn gerade und ungeniert an, während er mühsam, mit einem Lächeln, das sich plötzlich mit Schrecken füllt, von jener Verwirrung spricht.

KATHINKA Sie *sind* doch verheiratet, nicht wahr?

…fragt sie auf einmal mit der Betonung auf dem falschen Wort. Sie hätte auf «Sie» gehört. Sie *sind doch verheiratet … seiner Meinung nach. Dann wäre vielleicht alles anders verlaufen. Aber der verrutschte Akzent verwirrt ihn und setzt bei ihm einen anderen Modus des Verstehens in Gang.*

DER UMSTÄNDLICHE Jagut. Mein Gott, was soll ich sagen?

KATHINKA Das weiß ich nicht. *Sie* sind doch in mich verliebt. *Sie* müssen irgendwas sagen.

Die Entrechteten der Sprache erheben sich nun gegen die Worte, die er wählen will: die unterdrückten Seufzer, Schnalzer, Stöhner, die gestammelten, die entschlüpften und die verschluckten Laute drängen auf seine Zunge, ohne richtig herauszugelangen.

DER UMSTÄNDLICHE Jagut, darin liegt vorübergehend eine Schwierigkeit. Sie wollen mich wahrscheinlich auf einen Widerspruch aufmerksam machen, stimmt's?

Kathinka trägt ein langes T-Shirt, unruhig gemustert mit lauter kleinen Orchesterinstrumenten; sie sieht eher aus wie ein streunendes Mädchen als eine Expertin für innovative Prothesentechnologie – mit ihrem dünnen blonden Haar, glatt und ausgefranst, lausigen Löckchen im Nacken. Sie kommt morgens abgerissen ins Büro, einen alten «Matchsack» geschultert mit ihren Utensilien, wobei sie am liebsten Mitfahrgelegenheiten nutzt, um schon in aller Herrgottsfrühe mit irgendwem ins Gespräch zu kommen.

DER UMSTÄNDLICHE Ihren Job haben Sie doch bei Siemens gelernt? Sie kommen direkt aus dem Ideenstall von Siemens zu uns, stimmt's?

KATHINKA Ich habe dort fünf Semester Kreatives Planen gehabt. Die meiste Arbeit ist Reden. Und Reden ist leicht.

DER UMSTÄNDLICHE Nicht für mich.

KATHINKA In Erlangen –

DER UMSTÄNDLICHE Ich dachte, ich sollte auf alles eingehen, was Sie an mir auszusetzen haben.

KATHINKA – jedenfalls ein leichtes Spiel im großen und ganzen.

DER UMSTÄNDLICHE Wie die Erfahrung lehrt, reizt es eine Menge Leute, mich auf gewisse Widersprüche und Ungereimtheiten in meinen Mitteilungen aufmerksam zu machen. Ich meine, ich stelle fest, es wundert mich gar nicht: Davon geht auch etwas Positives aus. Positive Wirkung besteht darin ... Ich besitze offenbar die zurückgehaltene Kraft, anderen Menschen die Augen zu öffnen, indem sie auf Widersprüche aufmerksam werden, die sie ohne mich nie bemerkt hätten. Oder sogar unlösbarer ... unlösbarer ... *(langsam)* unlösbar ... erscheinender Konflikte.

KATHINKA Sie besitzen vielleicht die Kraft, positive Kräfte aus einem Menschen herauszuziehen, aus den verborgensten Winkeln seines Wesens. Vielleicht besitzen Sie diese Kraft. Vielleicht aber auch nicht. Vielleicht haben Sie etwas bei mir bewirkt. Vielleicht aber auch nicht. Sie haben mir eine große Freude mit Ihrem Brief bereitet. Doch. Es schreibt sich ja schnell so etwas. Ich meine, da steht nämlich drin ... klingt wahrscheinlich überzeugender, als es in Wirklichkeit ist? Sie schreiben da: Sie seien nun endgültig an mir interessiert.

DER UMSTÄNDLICHE Ich weiß nicht, vielleicht bin ich wirklich interessiert. Aber vorerst ... nur ganz allgemein. Ein etwas angehobener Zustand. Offenbar waren Sie es, die mir zu dieser gehobenen Stimmung verhalfen, in der ich Ihnen diesen Brief schreiben *mußte*. Ich werde das Gefühl nicht los, daß ich in Ihrer Gegenwart mehr Wärme, Vertrauen, Leichtigkeit im Umgang mit einem Menschen empfinde als in Gegenwart irgendeiner anderen Einzelperson. Das ist alles rasch mit einem Wort hingeschrieben, «interessiert», aber es ist doch vielleicht etwas ganz Besonderes gemeint. Etwas, das vorerst viel weniger auf Sie persönlich bezogen ist, auf Ihre Person, unmittelbar.

KATHINKA Sie schreiben hier –

DER UMSTÄNDLICHE Nein, bitte, ich schreibe Ihnen nie im Leben wieder einen Brief, wenn Sie das Hingeschriebene so genau untersuchen.

Die Tür geht auf, eine Mitarbeiterin steckt den Kopf herein, sagt: «Entschuldigung» und schließt die Tür wieder.

DER UMSTÄNDLICHE Ich habe mich bemüht, etwas so Flüchtiges zu Papier zu bringen wie ein Wort, das jemand nebenbei fallenläßt und das einen stutzig macht. Oder ein schmales Lächeln meinetwegen. Eine Schwäche eben.

Augenblicklich zerknüllt nun Kathinka den Brief.

DER UMSTÄNDLICHE Schmeißen Sie ihn nicht gleich weg. So war's auch wieder nicht gemeint. Und wenn er Ihnen doch gefallen hat, dann schmeißen Sie ihn nicht gleich weg. Ich hätte nie geglaubt, daß es dir gefallen könnte, was ich da schreibe.

KATHINKA Wenn aber nichts stimmt, was drin steht?

Da die Frage ihn lähmt und er stockt, versucht sie ihm aus der Klemme zu helfen, indem sie ihre Frage zunächst umschreibend wiederholt …

KATHINKA Sie sagen selbst, die Wörter sind nur so dahingeschrieben …

… um darauf, als immer noch nichts kommt vom Umständlichen, ihm in seiner Verhaltung eine mögliche Antwort wie vorgekaute Nahrung einzuflößen, nämlich mit den Worten:

KATHINKA Es ist doch wahrscheinlich so, daß –

Und genau in diesem Augenblick drängt es den Gehemmten, schnell und heftig zu reden, als müsse er der Hilfe zuvorkommen, die Ungeduldige daran hindern, ihm auf die Sprünge zu helfen, also ihr schnell über den Mund fahren, und so reden sie beide übereinander her, bis Kathinka die Hilfe zurückzieht, höflich verstummt, worauf dem Gehemmten wiederum die Rede versiegt und er mitten im Satz abbricht. Flüssig kann er überhaupt nur im Fahrwasser der Rede eines anderen reden. Es muß erst einmal eine Stimme ertönen, die die seine mitzieht oder aufwiegelt und gegen die sich durchzusetzen dann seinen ganzen Ausdruck beherrscht. Dabei wächst ihm eine spitze Schnute im Gesicht, ein Schmollmund, als gäbe es für ihn immer einen Grund zu trotzen, obgleich er eigentlich sehr gern gehorcht, sich im allgemeinen duldsam und gefügig zeigt und am liebsten zustimmt. Der Trotz steht ihm wie ein losgelöstes, irreführendes Icon im Gesicht, ein Zeichen für die Eigenschaft, die er am wenigsten besitzt.

KATHINKA Es gibt bei solchen handgeschriebenen Briefen einfach das Problem

– sie will sagen und sagt es unter der Rede des Umständlichen, der ihr ins Wort fällt, auch –

daß sie den Empfänger vielleicht erst erreichen, wenn man schon wieder ganz anders denkt. Sie sind einfach zu langsam.

DER UMSTÄNDLICHE Der Brief, den Sie da zerknüllt haben, war nur der Versuch, noch einmal einen Brief zu schreiben. Ich habe seit vielen Jahren keinen Brief mit der Hand geschrieben. Viele Jahre niemanden gekannt, der, wie soll ich sagen, der mich so reizte wie Sie, ihm, ihr einen Brief zu schreiben wie früher –

Häufig legt er, scherenförmig gespreizt, Mittel- und Zeigefinger um den Mund, wenn er spricht, gleichsam um im Fall einer ungehemmt hervorbrechenden Rede sofort die Strippe abzuschneiden.

KATHINKA Sie sind jemand, der fast nie das Wort ergreift im Exekutivrat.

Wieder geht die Tür auf, ein Mitarbeiter kommt herein, nimmt zurückgelassene Unterlagen vom Tisch.

DER MITARBEITER *(zerstreut)* Bald! ... Wartet nur: bald! Wenn erst der Vorhang fällt ... Bald! *(Ab)*

DER UMSTÄNDLICHE Ich will keine Referate mehr halten. Ich will in keiner Fremdsprache mehr reden.

KATHINKA *(stutzt einen Moment)* Und doch geht von Ihnen etwas aus, das uns übrige unterschwellig bewegt, unsere Meinungen lenkt, unsere Täuschungsmanöver, unsere Absichten und den Wechsel unserer Absichten. Ihr Verstand ist möglicherweise angereichert mit einer Art menschlichem Ur-Wissen, einem Geheimstoff, der irgendwie auf uns alle abstrahlt und die Wellen unseres Verstandes ständig beeinflußt.

Während sie das nüchtern und schmeichelhaft darlegt, kehrt sie mit der Handkante verkleckerte Reste vom Fleischsalat über den Tischrand und schmiert sie in die kleine Plastikschale zurück.
Vor lauter Kreativität ist sie verdammt unachtsam sich selbst gegenüber, denkt der Umständliche. (Nein, Umständlicher, meide hier den vermittelnden Grund: Sie ist etwas schmuddelig und *äußerst kreativ!)*

KATHINKA Alexander der Dritte, nur ein Beispiel, König von Mazedonien, ist bei der Einführung des Telegraphen debil geworden. Mich interessieren die Grenzfälle, die Schnittstellen, die Crashpunkte zwischen Mensch und Technik.

Jetzt endlich, nach langer Verzögerung und obwohl es hier nicht hinpaßt, fühlt er sich reif, etwas zu Wols zu sagen, dem Maler und Fotografen, zu dessen großer Retrospektive er sie einladen möchte, Wols, von dessen Namen er bisher mehrmals Labial und Vokal anlauten ließ. «Wols!» ruft er jetzt …

DER UMSTÄNDLICHE Wols! Vereinsamt in Paris, unfähig, jemanden zu treffen. Also fähig, niemanden zu treffen, niemanden mehr zu sehen. Nichts mehr zu sehen. Nur noch, was er malt, zu sehen. Und er malt unendlich dichte Linien. Farb- und Strich-Explosionen. Er malt die Explosionen seiner Hirntätigkeit. Neuronensalven.

Er malt den Akt des Wahrnehmens selbst. Den ganzen Flow.

Jetzt lacht er herzlich und frei heraus, als ob ihn das Schwierige, leicht und unumwunden ausgesprochen, selbst erheitere und in freudiges Erstaunen versetze. «Woools», wiederholt Kathinka den schönen Einsilber und stößt den Zigarettenqualm mit erhobenem Kinn aus dem Oh!, dem Loch dieses Namens. Sie verströmt ihn mit vorgeschobener Unterlippe nach oben, damit er nicht gerade in sein Gesicht trifft, um dann, Kinn wieder gesenkt, erneut ihren kalten Beuteblick auf ihn zu richten, weil sie beharrlich etwas zu hören bekommt, was ihrer Meinung nach nicht zur Sache gehört, nicht zu der Sache jedenfalls, deretwegen sie ins Konferenzzimmer gekommen war und ihm ihre Mittagspause opfert.

KATHINKA Wols? Sagt mir nichts.

Erst eine akribische Feinmessung von plötzlichem Impuls und plötzlich unterdrücktem Impuls könnte weitere Aufschlüsse über das komplexe Bewegungsbild eines solchen Gesprächs geben. Der Eifer des Ansetzens, das Verlieren des Gedankens, die Hoffnung, glaubwürdig zu sprechen … die schwindende Hoffnung, es zu tun … das Bewußtsein, völlig zusammenhanglos daherzureden … und das Bewußtsein, in ungeahnte Zusammenhänge mit wunderbar gelöster Zunge vorzustoßen … Bedauern und Erstaunen, in rasantem Wechsel … all das kommt tatsächlich zum Ausdruck, wenn auch nur für Bruchteile von Sekunden, bevor das erste Wort fällt … Erregt sein und im selben Augenblick schon wieder ermattet …

Aus dieser aufwühlenden Hintergrundarbeit geht dann endlich, wenn auch ohne jeden Zusammenhang und ohne daß er ihn vorher kontrollieren konnte, ein Satz hervor und wird mit bescheidenem Ernst gültig ausgesprochen, makellos gesetzt:

DER UMSTÄNDLICHE Seit Dante beginnt der Blick in die Tiefe mit der Abirrung von der breiten Straße.

... aber es wird überhört, was er sagt. Zum ersten Mal eine Mitteilung von ihm ohne Halt und Riß, eine glatte Sentenz, die sie aber nicht beachtet. Kathinka hat nämlich fast gleichzeitig gesagt:

KATHINKA Ich habe mein Konzept bereits dem Teamleiter vorgelegt. Ich werde niemals mehr eine andere Idee verfolgen, bis mein Projekt verwirklicht ist. Sie interessieren sich für meine Arbeit, und ich erkläre Ihnen, was ich will ...

Die Tür geht auf, eine Kollegin fragt:

DIE KOLLEGIN Kommst du?

KATHINKA Später. Ich habe noch eine Besprechung mit Rossmann.

DER UMSTÄNDLICHE Ich spreche offenbar zu niemandem mehr. Man hört mich gar nicht. Ich bin bloß aus dem Gesprochenen der anderen geformt, gebacken wie ein Lebkuchenmann.

KATHINKA Ich dachte gerade daran, daß wir im Konferenzraum ein sehr schönes Rollo am Fenster haben. Es ist limettengrün. Metallic dunkelgrün. Wirklich sehr schön. An der Farbe wäre ich auch weiterhin interessiert. Zum Beispiel, wenn wir die neue Küche einrichten. Die Kacheln. Über der Spüle –

– da fällt ihr der Umständliche wieder einmal ins Wort:

DER UMSTÄNDLICHE Entschuldigen Sie, ich glaube, es fehlt mir an Menschenkenntnis. Es ist also möglich, daß ich Sie falsch einschätze. Ich verstehe Sie, ich verstehe Ihre Worte, aber damit ist es ja nicht getan. Man muß sich ein Urteil bilden. Es gelingt mir nicht. Ich nehme Sie, wie Sie sind. Ich finde zu keinem Urteil. Sie dringen ungehindert durch die Poren in mich ein ... und durch andere Poren dringen Sie wieder hinaus. Ich verfolge keine Interessen, wenn ich Sie vor mir sehe. Sie verfolgen vermutlich welche. Wer weiß welche ... Ich kann Sie nicht studieren. Ich habe es nicht gelernt.

KATHINKA Ich muß schon sagen, ich habe noch nie in meinem Leben ein so unergiebiges Gespräch geführt!

DER UMSTÄNDLICHE Ich liebe Ihren gereizten Ton!

... erwidert er ganz unvermittelt, indem er nichts vom Inhalt ihrer Äußerung quittiert, aber die Wirkung ihrer Worte auf sich verfolgt wie ein molekulares Abenteuer, das man unter dem Elektronenmikroskop beobachtet.

KATHINKA Ich sag mal, da müßte ich lügen, wenn es mich nicht angerührt hätte, was Sie eben von Wols erzählt haben. Diese Künstler waren noch die Opfer ihrer Zeit, die sie nicht verstand. Heute ist das anders. Niemand wird mehr abgelehnt, weil er nicht verstanden wird.

DER UMSTÄNDLICHE Wols ...

... sagt der Umständliche leise, mehr nicht, und nickt dazu still in sich hinein.

KATHINKA Es gibt ja die Chaosforschung, aber es fehlt noch eine Wissenschaft des Versehens, des Schiefgehens, der Verwicklungen, der Desinformation, der Umstandskrämerei, denn es *gibt* ein Universum des Verhakens, Verdrillens, Zersplitterns, Fallenlassens, ein Universum der anderen Art eben …

DER UMSTÄNDLICHE Wols …

KATHINKA Um zum Beispiel eine neue Fußgelenkprothese zu entwickeln, gingen wir wochenlang in Schuhen, klacker klacker, mit Absätzen aus zementgefüllten Milchdosen …

DER UMSTÄNDLICHE Ja, Sie wissen doch: Mit seiner Grattage «L'œil de Dieu» hatte Wols 1948 den endgültigen Tumult der Dinge heraufbeschworen.

KATHINKA Worum geht's? Worauf läuft es hinaus? Wo bleibt der zündende Funke? Wer spricht?

DER UMSTÄNDLICHE Ich würde verdammt gern ein paar Minuten neben Ihnen am Fenster stehen und auf die Straße sehen.

KATHINKA Händchen halten?

DER UMSTÄNDLICHE Gar nicht mal.

Wieder geht die Tür auf, und ein Mitarbeiter bleibt halb in der Tür stehen.

ZWEITER MITARBEITER Ich wollte nur rasch Adieu sagen. Für Ihren weiteren Berufsweg wünsche ich Ihnen viel Glück, Kathinka.
Denken Sie manchmal an mich in Ihrem kleinen Büro.

KATHINKA Sie werden mir fehlen, Christoph.
Aber Sie haben es ja selbst so gewollt.

ZWEITER MITARBEITER Ja, ich muß raus hier. Ich werde in eine andere Stadt ziehen.

Man darf nicht zu lange am selben Fleck kleben.
Leben Sie wohl.

KATHINKA Alles Gute für Sie.
Schicken Sie eine Mail, wenn alles geklappt hat.
(wieder zu dem Umständlichen) Also, Wols, ich wüßte gern, wann er damals in Paris –

DER UMSTÄNDLICHE Fragen Sie doch nicht immerzu. Sein Briefwechsel liegt ja vor. Sie können das alles nachlesen. Lesen Sie doch. Oder hören Sie Ihre eigene Stimme so gern?

KATHINKA *(verblüfft)* Na!

DER UMSTÄNDLICHE Entschuldigung. Es ist mir rausgerutscht.

KATHINKA Briefwechsel? Gibt's einen?
Wie heißt –?

DER UMSTÄNDLICHE Wols. Ja, Wols. Gibt's.

Pause.

DER UMSTÄNDLICHE Ich frage mich, wie lange es bei Ihnen dauern wird –

KATHINKA Gut. Dann war's das.

DER UMSTÄNDLICHE Man könnte sich doch auch so – noch ein bißchen unterhalten.

Der Teamleiter steckt den Kopf zur Tür herein – und will sich wieder zurückziehen.

DER TEAMLEITER Oh! Bitte nicht stören!

KATHINKA *(steht auf)* Nein. Kommen Sie! Ich bin in Stellung. Wir beide sind fertig.

DER TEAMLEITER Dann kann's gleich losgehen. Bitte anschnallen.
Gestern abend –

DER UMSTÄNDLICHE *(für sich)* Wie sie sprechen!

DER TEAMLEITER Gestern abend fiel Ihr Name mehrere Male. Es hätte Ihnen in den Ohren klingeln müssen.

DER UMSTÄNDLICHE Und? Was denken *Sie*? Nein: Was *denken* Sie?

KATHINKA Ich denke nur Gutes. Alles Gute für Sie.

Der Umständliche steht auf, verläßt den Konferenzsaal. Der Teamleiter setzt sich an den Tisch.

DER TEAMLEITER Um es vorwegzunehmen: Ich bin nicht recht warm geworden mit Ihrem Entwurf.

KATHINKA *(zunächst forsch)* Ach? Wie kommt's?

DER TEAMLEITER Sie bieten viel altbekanntes Material, hier und da ein bißchen aufgehübscht.

KATHINKA Ich habe gründlich recherchiert. Alles aufgelistet zum Thema, was von Interesse sein könnte.

DER TEAMLEITER Sie gehen nie bis an Ihre Grenze, Kathinka. Bis zu seiner Grenze vorstoßen, sich in Gefahr begeben, darauf kommt es an.

KATHINKA Ich dachte, ich hätte mich ziemlich weit vorgewagt –

DER TEAMLEITER Sie biegen zu frühzeitig ab zu Ihren Erfahrungen, zu dem, was Sie können und schon erprobt haben.

KATHINKA Ich werd verrückt –

DER TEAMLEITER Sie geben nicht genug. Sie könnten viel mehr geben!

KATHINKA Wertlos?

DER TEAMLEITER Das haben *Sie* gesagt.

KATHINKA Ich bin sehr gründlich. Ich bin sehr einfallsreich.
Ich bin sehr geschickt.

DER TEAMLEITER Sie sind zu leichtfertig. Da nützen keine psychologischen Tricks.

KATHINKA Ich bin eine leichtfertige Frau?

DER TEAMLEITER Sie sind keine leichtfertige Frau. Das habe ich nicht gesagt.
Sie nehmen Ihre Arbeit zu leicht.

KATHINKA Ich bin bei Siemens nur die Treppe raufgefallen. Ich glaube, die hätten mich gern behalten. Deshalb bin ich ein bißchen perplex, Sie sind der erste, der mich frontal abbremst. Das interessiert mich einfach. Ob es nicht vielleicht auch daran liegt, daß Sie mich falsch einschätzen?

DER TEAMLEITER Wir wollen doch jetzt nicht darüber diskutieren –

KATHINKA Diskutieren nicht. Aber herausfinden, woran es liegt.

DER TEAMLEITER Es liegt daran, daß Sie mit diesem Papier – nur mit diesem Entwurf – nicht so weit gekommen sind –

KATHINKA Ich will nicht länger mit Ihnen diskutieren. Meine Arbeit ist mir zu wichtig. Man kann auch alles zerreden.
Dafür ist sie zu schade.

DER TEAMLEITER Das meine ich auch.

KATHINKA Dann bitte seien Sie doch so nett – das meinen Sie ja gerade nicht! –
Könnten Sie mir vielleicht ein paar Kopien ziehen von meiner Arbeit?
Auf Kosten der Firma?

DER TEAMLEITER Soviel Sie wollen. Kein Thema.

KATHINKA Ich werde Ihnen keine Probleme machen, denn Sie sind jetzt etwas zu weit gegangen.

Aber mich interessiert einfach, wie jemand wie Sie auf mich reagiert.

DER TEAMLEITER Man muß sich hineinfressen in seine Aufgabe. Vollkommen in ihr aufgehen.

KATHINKA Damit fange ich immer an. Damit geht's los. Aber das ist nur das A.

DER TEAMLEITER Das O ist es auch. Das A und O.

KATHINKA Das O ist das Ende. Das O ist der totale Verschlinger von allem ... Woools!
Feuer, Wasser, Arbeit, Mensch, Sex, Fensterscheiben und Blindenhunde. Im O verschwindet alles und jeder. Es ist das ultimative Loch, in das das gesamte Weltall hineinstürzt.

DER TEAMLEITER So kann man es sehen. Ich hatte Fensterscheiben und Sex nicht berücksichtigt.
Nur ein Scherz.

KATHINKA Sie haben meinen Entwurf nicht gelesen. Sonst würden Sie anders über A und O sprechen. Besonders über O, das Ende, Omega. Sie haben ihn nicht einmal gelesen. Weil Sie mich von Anfang an nicht mochten. Das macht mich traurig. Aber ich kann Sie schließlich nicht zwingen, mit einem Menschen zusammenzuarbeiten, den Sie nicht mögen. Und wenn er noch so begabt ist. Noch so qualifiziert – für die Stelle da vorn, genauso begabt wie Frau Bückel und Frau Mertens.

DER TEAMLEITER Da habe ich meine Zweifel.

KATHINKA Wenn Frau Bückel und Frau Mertens unabhängig voneinander übereinstimmend sagen würden: Kathinka ist unverzichtbar für uns! Was würden Sie dann sagen?

DER TEAMLEITER Das tun sie nicht. Ich kann es mir nicht vorstellen.

KATHINKA Ich auch nicht. Weil die mich auch nicht mögen.

Was kann ich dafür?! Bin ich eben jemand, den man nicht mag.

Dafür leiste ich gute Arbeit. Ich komme schon noch dahin, daß man mich hier mögen muß. Ich gehe eben den schwereren Weg als ihr anderen.

DER TEAMLEITER Mögen oder Nichtmögen, das ist doch Wischiwaschi, Larifari oder –

KATHINKA Das A und O.

4 BALD? BALD
(Frühlingsopfer)

Das betrunkene Mädchen in kurzem Rock und Stiefeletten, allein auf wüster Bühne. Ein Scheinwerfer gießt bleiches Mondlicht über sie.

DAS MÄDCHEN Hej, Mond! Wirf deinen Schein auf anderer Leute Schweinereien.

DER MOND Ich würde mich gern ein Stündchen mit dir unterhalten.
Wir könnten, wenn du willst, ganz allein miteinander sein.
Ich habe so viele Fragen.

DAS MÄDCHEN Wir haben uns nichts zu sagen.

DER MOND Versuchen wir's trotzdem.

DAS MÄDCHEN Meinetwegen.
Folge mir unauffällig.
Wenn du mich mit Fragen löcherst, dann mach ich's dir mit zugehaltenen Ohren.

Drei alte Männer, eher komische Weise als Penner, auf einer Bank.

ZWEITER ALTER MANN Damals hast du mit mir auf dem Flohmarkt alte Schallplatten verkauft.

ERSTER ALTER MANN Es ist wie beim Würfelspiel. Zurückversetzt in diese Jahre.
Die Frau des Zoodirektors.

DRITTER ALTER MANN Ich damals richtete einige Ergebenheitsadressen an zwei federleichte Füße. Dann kroch ich unter ihr warmes Fell.

Dann pumpte ich ihr ein bißchen Leben in den Bauch. Dann schlingerten ihre Brüste wie flüssiger Zement in der Karre.

ZWEITER ALTER MANN Laß ihn sich ausmären. Soll er sich ausmären.

ERSTER ALTER MANN Heute schleichst du durch dunkle Hotelflure, klaust die Reste von rausgeschobenen Frühstückswagen. Brötchen, Aufschnitt, Früchte!

DRITTER ALTER MANN Was machst du, wenn du alt bist, älter als alt? Auf deine Weise kahl und spärhäärlich wie ein Geierkopf.

ZWEITER ALTER MANN Im Alter findet die Feier im Saale statt.

Das Mädchen kommt mit alter Strandtasche hinzu.

DAS MÄDCHEN Platz.

ERSTER ALTER MANN Was ist los?

ZWEITER ALTER MANN Dir ist doch was passiert.
Was ist denn passiert?

DRITTER ALTER MANN Dir hat doch jemand was getan.
Wer hat dir was getan?

ERSTER ALTER MANN Was hat er mit dir angestellt?

DAS MÄDCHEN Laßt mich doch in Ruhe.
Behaltet eure Schweinerei im Kopf.

DRITTER ALTER MANN Wir kümmern uns um dich.
Du hältst es nicht mal für nötig –

ZWEITER ALTER MANN Laß sie.
Hör mal, Käthe –

DAS MÄDCHEN Haut doch ab, ihr Fratzen.
Laßt mich in Ruhe.

ERSTER ALTER MANN Deine Freunde sind immer für dich da.

DRITTER ALTER MANN Das rote Halstuch hängt dir am Schuh.

ERSTER ALTER MANN Wie ein blutiger Bausch, herausgerissen aus den heißen Kaldaunen.

DAS MÄDCHEN Ihr bekleckert mich mit Hirngespinsten.

Dritter alter Mann versucht in ihrer Tasche zu kramen.

DAS MÄDCHEN Finger weg.

ZWEITER ALTER MANN *(versucht ein breites Transistorradio quer in eine Plastiktüte zu stecken, es gelingt nicht)* Dann gehe ich eben.

ERSTER ALTER MANN *(zum Mädchen)* Nun hast du's hinter dir. Die Grenze ist überschritten. Schmutziger kann's nicht werden.

Dritter alter Mann fummelt wieder in ihrer alten Strandtasche.

DAS MÄDCHEN Laß das.

ZWEITER ALTER MANN Du, Mädchen, hast den letzten Halt verloren.

DRITTER ALTER MANN Nur ein bißchen knaupeln in alten Strandtaschenresten.

ERSTER ALTER MANN Wär doch für dich ein leichtes Spiel gewesen –

DAS MÄDCHEN Au! Das bin ich. Mein Schienbein.

DRITTER ALTER MANN Gar nicht so leicht. Im allgemeinen.

ERSTER ALTER MANN Laß sie erst mal zu Wort kommen.

DAS MÄDCHEN Mond fiel auf mein Bett.
Ich sagte: Mond, wirf deinen Schein auf anderer Leute Schweinereien.

ZWEITER ALTER MANN Und er? Was hat er gesagt?

DAS MÄDCHEN Er sagte: Ich würde mich gern ein Stündchen mit dir unterhalten.
Wir könnten, wenn du willst, ganz alleine sein.

DRITTER ALTER MANN Du allein mit unser aller Mond?

DAS MÄDCHEN Ich sagte: Wir haben uns nichts zu sagen.

ERSTER ALTER MANN Und er?

DAS MÄDCHEN Er sagte: Versuchen wir's trotzdem.

ERSTER ALTER MANN So ist es.

DRITTER ALTER MANN Wenn du sagst, so ist es – dann sage ich dir: So ist es eben nicht.

ERSTER ALTER MANN Dann sprich nicht mit mir.

DRITTER ALTER MANN Man meint immer, es stimmt alles, was du sagst.
Aber es stimmt gar nicht. Gar nichts stimmt.

DAS MÄDCHEN Ich sagte: Mond, wenn du mich mit Fragen löcherst, mach ich's dir mit zugehaltenen Ohren.

ZWEITER ALTER MANN Und was geschah noch?

DAS MÄDCHEN Er: Willst du behaupten, daß jemals jemand so nah an dir dran war?
Ich: Niemand jemals ... Niemals jemand ... Niemand jemals.

DRITTER ALTER MANN Moment! Hat er dich oder hat er dich nicht?

ERSTER ALTER MANN Laß sie doch ausreden.

DAS MÄDCHEN Ich grüßte die Arbeiter im Mond. Sie standen auf ihren bleichen Gerüsten dort oben, in totbleicher Helligkeit, sie pfiffen und johlten nach mir. Die neue Luft zwischen den Himmelskörpern ist so hellhörig, daß – die Luft, die man zum Reinigen der alten Luft durch die Wolken geblasen hat, überträgt den Schall über endlose Abstände. Man kann sogar das Geld rascheln hören auf dem Mond.

DRITTER ALTER MANN Ich meinerseits hatte mich damals regelrecht verbissen in die weiße Haut der Zoodirektorin.
Wie der Holzbock stak ich in ihrem Bauchspeck.

ERSTER ALTER MANN Du Schussel, du schusserst dein Leben lang, seit Kindertagen schiebst du deine Murmeln in die Kuhle, du schiebst und schubst, bis das letzte Fleisch vom Finger fällt, und erdblutrot das Zeigeglied.

ZWEITER ALTER MANN Verklickert und zermurmelt. Da gibt's immer einen, der mir die Welt verklickert. Da gibt's den zweiten, der mir alles wieder zermurmelt.

DAS MÄDCHEN Du riechst nach Erde aus dem Mund.

DRITTER ALTER MANN Wollen sehen, wie spät es ist auf Gottes reicher Uhr …

Er zieht eine große Uhr aus der Hose, die er als Stullentrommel öffnet.
Alle essen.

DAS MÄDCHEN Habt ihr keinen Freund, der meinen PC reparieren kann? Der sich auskennt mit dem Zeug?

ZWEITER ALTER MANN Wir hatten einen Freund. Aber der war ein Spinner.

ERSTER ALTER MANN Doch. Wir hatten kürzlich einen, der hätte so was gekonnt.
Aber er war ein Langweiler, und wir haben ihn abgehängt.

ZWEITER ALTER MANN Wir beide sind überhaupt erst zusammengezogen, nachdem uns der Hund zugelaufen ist.

ERSTER ALTER MANN Als wir beide am Zelter-Brunnen saßen, kam eben Tini, und Tini war nicht mehr abzuschütteln.

ZWEITER ALTER MANN Wir haben sonst nicht viel gemeinsam. Im Grunde ist es bloß der Hund.

ERSTER ALTER MANN Als wenn wir nicht schon immer Freunde gewesen wären.

DRITTER ALTER MANN Da war einer, der mit meinen Schritten davonlief und meine Hose trug, und ein anderer, der mit der Hand aus der Erde langte und den Läufer am Hosenbein packte und festhielt mit eiserner Faust.

Dergleichen geschieht im Hintergrund.

DAS MÄDCHEN Überall Hände, die sich aus den Gullys strecken.
Gullyhände von untergegangenen Spaziergängern.

DRITTER ALTER MANN Halt mich nicht auf, du Gossenzwerg. Laß mich gewinnen. Laß mich laufen.

STIMME DES UNTERIRDISCHEN Nimm mich mit.
Zieh mich aus der Erde, Halunke.
Raff deine Kräfte. Hol mich zurück!

DRITTER ALTER MANN Laß mich laufen.

Das Hosenbein reißt, der Läufer rennt weiter. Ab.

DAS MÄDCHEN Seht ihr die Morgenfee im Morgenpark? Dahinten geht sie, eine wie ich, von einem Gully zum nächsten, und wo sich Hände um die Gitter krallen, da tritt sie auf die Hände, da bohrt sie ihren spitzen Absatz in jeden einzelnen Finger, bis sie loslassen und abrutschen. Und wieder hört man einen markerschütternden Schrei. Und wieder stürzt so ein Emporkömmling in die Tiefe.

DRITTER ALTER MANN Ich klammere mich an nichts. Der Mensch fällt, solang er lebt.

ERSTER ALTER MANN El hombre vive cayendo.

ZWEITER ALTER MANN Mußt du mir nicht erzählen. Ich habe mich lange genug mit dem Universum beschäftigt.

ERSTER ALTER MANN Sie stürzen und stürzen, und weil alle gleich schnell stürzen, denken sie: Ach, wir schweben doch nur.

DRITTER ALTER MANN *(knaupelt in den Strandtaschenresten)* Der Mensch ist für das Kleine da. Um das Kleine muß er sich kümmern.

ERSTER ALTER MANN Ich halte mich nicht an dir fest, wenn's losgeht.

ZWEITER ALTER MANN Wartet nur ... Bald!

DRITTER ALTER MANN Bald?

ZWEITER ALTER MANN Bald.

ERSTER ALTER MANN Hoffentlich seid ihr wenigstens alle hier, wenn's losgeht.

5 GELD UND GEIST

(Die Zungenfertige)

Der leere Raum. Im Hintergrund ein Schreibtisch mit geöffnetem weißem Laptop. Auf der rechten Bühnenseite eine lange Chromstange an der Wand, die über einige Türen hinwegführt. Wenn jemand sie öffnen und hereinstürmen will, wird das Türblatt sofort gegen die Stange schlagen.
Eine junge Frau im kornblumenblauen Trikot – es ist Katharina Minola aus dem Stück «Der Widerspenstigen Zähmung» von Shakespeare – geht mit der rechten Hand an der Stange in die Tiefe der Bühne, vorgebeugt, ins Knie fallend, ohne den Boden zu berühren, dann wieder stolz sich in die Höhe reckend. Mal den Kopf aufs Schlüsselbein gesenkt, Haarwust vorfallend, darauf den Kopf in den Nacken werfend, wie im Triumph. Aufrecht weitergehend, rechte Hand an der Stange, bei jedem zweiten Schritt, rechtes Bein stark anziehend, dann nach links von sich streckend. Sich hängen lassen, marschieren, anlehnen … Nicht loskommen von der Stange, nie loskommen vom Handlauf des Lebens! Und dann umgekehrt, nach vorne zurück. Von Tür zu Tür der Anschlag. Die auftrittslosen Männer. Tür wird aufgestoßen, prallt gegen die Chromstange. Die Männer, die die Tür öffnen wollen und hereinstürmen, es von Mal zu Mal, Jahr um Jahr wieder versuchen, rufen ihren Namen oder Kosenamen: «Katharina!» … «Kati!» … «Kattrin!» … «Kathinka!» … «Kitty!» … «Katja!» … «Käthe!» Doch niemand kann hereinkommen.
Peter Lenz tritt mit Koffer aus der vordersten Gasse auf die Bühne.

PETER LENZ Katharina Minola! Dies ist eine Eröffnung.

KATHARINA *(am rechten Balken, mit dem Rücken zu ihm)* Wartet draußen nicht noch einer? Es ist gleich Mittag. Kommen Sie zum Schluß.

PETER LENZ Sie sind der Meinung, wir sollten unverzüglich zu einem Abschluß kommen?

KATHARINA Kein Wortwitz, bitte. Ihr Auftritt ist bereits ein Witz.

PETER LENZ Ich spreche von einer Vereinigungsunvermeidlichkeit. Zwischen Ihnen und mir. Früher sagte man: vom schweren Schicksalsschlag der Begegnung.

KATHARINA *(zieht einen Kimono an)* Mich bringt seit langem niemand mehr zum Lachen.

PETER LENZ Bin ich niemand? Verblitzt Ihr Auge gegen niemand seine Wut?

KATHARINA Schlimmer als niemand ist irgendwer. Der X-Beliebige, von dem man nicht mal sagen kann, der Zufall habe ihn hereingeführt. Ein Dutzendmensch kann ja kein Zufall sein.

PETER LENZ Lassen Sie uns offen reden. Peter Lenz aus Bremerhaven. Ich komme wegen Ihres vielen Gelds. Nicht zuletzt mit der Absicht, ihm noch um einiges näherzukommen.

Dafür bieten sich zwei Möglichkeiten an. Ad eins: Ich lege Ihr Vermögen günstig für Sie an. Ich stamme aus uraltem Kaufmannshaus, mein Urgroßvater war an der Erfindung des Blankoschecks beteiligt. Ich selbst bin im Bankfach ausgebildet, zu Hause und versiert. Im ersten Fall verkehren wir rein geschäftlich miteinander, vereinigen uns zwei Mal monatlich, lediglich aus Gründen der strategischen Kontrolle.

Im zweiten Fall – er scheint auf den ersten Blick die riskantere Option: der Trauschein. Ich heirate Sie mit allem Drum und Trödel. Übernehme das gesamte weibliche Anwesen, wie es steht und liegt. Und kümmere mich zwangsläufig um so investiver um Ihr Geld.

KATHARINA Ich spare die Verwaltungskosten.

PETER LENZ Nicht nur das. Sie brauchen sich fortan um nichts zu kümmern.
Ihre Altersvorsorge liegt in besten Händen.

KATHARINA Sie denken dran?

PETER LENZ Tag und Nacht.

KATHARINA Sie wagen es, mich vor Augen, an eine Rentnerin zu denken?
Sie übersehen die Figur, die vor Ihnen steht, und starren geradewegs mit Röntgenblick auf mein Skelett?
Das verdient dreißig Schläge mit der Reitgerte auf Ihren blanken Arsch.

PETER LENZ Ich seh's wie Sie. Rohe Strafen, von der Zivilisation längst abgeschafft, bleiben ewig gültig, wo das Gesetz der Wildnis herrscht, die Leidenschaft.

KATHARINA Leidenschaft? Sie sprechen nur vom Sparen! Sparen! Vorsorge treffen, Papiere auf die hohe Kante legen – wo kein lüsternes Händchen hingelangt. Sparplan, Rente, Lebensversicherung – sind Sie kein Mann?

PETER LENZ Im Gegenteil, ich bin der Mann, um den sich von nun an alles dreht für Sie.

KATHARINA Ich spüre, wie mir schlecht wird. Das muß vom Liebestaumel kommen.

PETER LENZ Auf Liebe kommt es vorerst gar nicht an.
Die Liebe steht hier nicht im Vordergrund.
Geist und Geld, vereint, verfügen über ein stärkeres Triebleben als ihre Besitzer.
Sie drängt es ganz von selbst, sich miteinander zu vermehren.

KATHARINA Wer von uns ist Geld und wer ist Geist?

PETER LENZ Beide Kräfte sind in Ihnen vorvereint.
In einer Katharina Minola. Sie brauchen von außen nur noch die beflügelnde Befruchtung. Dafür bin ich ausgebildet.

KATHARINA Sie bilden sich wohl ein, Sie gehen davon aus, ich glaube fast, Sie denken sich:
Sie hätten leichtes Spiel mit mir?
Ich brauche einen Mann für die Musik!
Für meine Tänzchen an der Stange.
Für meine sicheren Schritte am Handlauf des Lebens.
Aber der, der vor Ihnen kam, war eine Lusche.
Was ist der nächste für einer? Der letzte für heute.

PETER LENZ Soviel ich draußen von ihm hörte, hat er Ihnen eine geheime Nachricht zu überbringen.

KATHARINA Geschäftlich?

PETER LENZ Nein. Sexuell.

KATHARINA Eine geheime sexuelle Nachricht?

PETER LENZ Er hat Ihnen etwas auszurichten, was er selbst nicht ausrichten kann.

KATHARINA Lauter Luschen stehlen mir heute die Zeit.
Und Sie? Sind Sie auch pervers?

PETER LENZ Ja. Was dachten Sie?

KATHARINA Ich dachte mir's.

PETER LENZ Nur geht's bei mir nicht andersrum, sondern gerade umgekehrt.

Der Geist heizt meinen Körper auf. Mein Denken fördert die Durchblutung. Die Wärme steigt dann von den Füßen auf, versorgt unterwegs, ganz nebenbei, das Membrum meiner Wenigkeit – ein von Natur aus kritisches Organ, Sie wissen es, das sich nicht in jeder Morgensonne streckt und dehnt.

KATHARINA Mein Membrum, Mann, ist meine Zunge! Die hat mir noch nie den Dienst versagt. Besonders penetriert sie die Einfalt eines Mannes, der sich für geistreich hält.

PETER LENZ Sie haben recht. Ich bin bei einigen ungewöhnlichen Geistesgaben dazu noch eine auffallend männliche Erscheinung.

KATHARINA Und ich bin eine Rheintochter, Sie Alberich. Sie Gnom! Ich hüte meinen Schatz im Urzustand. Ich hüte den Hort. Das rote Gold. Solange es unangetastet bleibt, wird auch kein Unheil geschehen. Enthaltsamkeit allein verhütet den blutigen Kampf, den feurigen Untergang von Mensch und Reich und Göttern. Unangetastet!

PETER LENZ Ich nehme an, Sie thesaurieren Ihr Vermögen.

Es kommt aber darauf an, das perpetuum crescens dieser Welt, das Geld, in seinem Wachstum nicht zu hemmen, das heißt: ihm freien Umlauf zu gewähren. Taler, Taler, du mußt wandern, und der Rubel, der muß rollen.

KATHARINA Reichtum in Händen eines Manns ist Geiz. Reichtum in Händen einer Frau: Das ist der Schatz. Hortgut und Magie. Wer daran rührt, weckt das Verderben.

Ich bin alleine stark genug, den Schatz zu hüten. Und

jeder Mann ist nur ein Griff durch mich hindurch nach meinem Gold.

PETER LENZ Falsch! Sie – ich. Katharina – Peter Lenz: Win – win. Wir sind ein Gewinn-Gespann.

KATHARINA Katharina – Peter Lenz? Lost – lost. Wir gingen geradewegs dem Untergang entgegen.

PETER LENZ Sie haben seinerzeit in der Kosmetikbranche, Chief executive, von Südostasien aus die ganze alte abgestandene Duftwelt umgekrempelt. Der Erdball riecht seitdem nicht mehr wie früher.

KATHARINA Hätte man mir nur noch ein Jahr Zeit gelassen …
Mit «Nimbus», unserem «Duft des Firmaments» waren wir auf gutem Weg, den Marktführer abzulösen.
Wissen Sie, die gesamte Produktpalette, als ich kam, weniger als fünfzehn exklusive Spitzenmarken – und fast dreißig mittelpreisliche Gerüche, als ich ging.

PETER LENZ Ich benutze heute noch Ihre Note «Nimbus» als Shampoo.
Weil's mir von Anfang an so guttat, kaufte ich gleich hundertachtzig Stück auf einmal.
Ich sagte mir: Morgen ist die Marke vom Markt – und was wird dann aus meinem Haar?
Und schwupps, weg war sie.

KATHARINA Sie ahnen nicht, was Blogger einem Unternehmen antun können.
Blogger, Online-Communities, diese Meinungspiranhas, Millionen ungebildeter, hinterhältiger, schwatz-, netz- und magersüchtiger Weiber fielen über meinen «Nimbus» her und ließen keinen Hauch mehr von ihm übrig.

PETER LENZ Ich muß hier eines loswerden: Mit mir an Ihrer Seite wäre Ihnen das niemals passiert. Zu Bloggern muß man nach und nach eine liebevolle Beziehung aufbauen. Wie ich zu Ihnen jetzt. Hat man die Blogger erst einmal für ein Produkt erwärmt, so kann das Unternehmen enorme Werbekosten sparen, und der Absatz läßt sich in der Regel um gut zwanzig Prozent steigern.

KATHARINA Sie können sich vorstellen, wie viele Schwadroneure Ihrer Sorte ich bei L'Oréal zum Schweigen bringen mußte.
Ich hatte Sie doch gebeten, Ihren Hintern zu entblößen. Mehr wollte ich eigentlich nicht. Dreißig Schläge mit der Reitgerte. Das würde mir guttun.

PETER LENZ Dazu findet sich später eine passende Gelegenheit.

KATHARINA Wenn ich Ihnen doch erkläre: Ich bin eine von den Rheintöchtern, die ihren Schatz im Untergrund bewahrt und ihre Schönheit nährt von seinen Strahlen, den Strahlen des Golds, das ich immer um mich haben muß, verborgen hinterm Wandpaneel, nicht in düsteren Abgründen, wenn ich also eine bin, die gar nicht atmen kann, ohne ständig ihren Schatz im Raum zu spüren, dann – sind – Sie – ein Alberich! Der verwachsenste unter den ohnehin verwachsenen Männern. Nur daß ich nicht so gieprig und so glibbrig bin wie diese dünnen Nixen, nicht so glitschig und flutschig, nicht so schlunzig und schlampig wie diese feuchten Flittchen, die sich von einem Gnom, wie Sie es sind, allen Ernstes das Gold, das Weltgold immerhin, abjagen lassen.

PETER LENZ Der Hinweis auf das Wandpaneel – wünschen Sie in mir den Dieb zu wecken, indem

Sie mit diesem Zaunpfahl winken? Wollen Sie im Tiefstinneren ausgeplündert werden?

Und weiter gefragt: geplündert im wörtlichen oder dazu noch im übertragenen Sinn des Worts?

Und noch eine Elle tiefer gefragt: Berühren wir in diesem Punkt ein Trauma oder einen Traum bei Ihnen? Bezieht sich das Versteck, in dem Ihr Kapital verschimmelt, nicht geradewegs auf ein anderes Versteck – um im Bild zu bleiben – Sie ahnen es.

Was, frage ich, hüten Sie, Katharina Minola, und was wollen Sie nicht länger hüten?

KATHARINA Ich habe alles Geld hinter die Wände gestopft. Die Adern laufen hier – dort – und dort – überall – hinter den Wänden entlang.

PETER LENZ Weshalb zum Teufel verstecken Sie Ihren Reichtum so besessen?

Reichtum an sich ist keine Sünde. Nur verfrühter Genuß kann schädlich sein.

KATHARINA Das klingt, als wär der Sinn der Paradieserzählung der, daß man kein unreifes Obst vom Baum pflücken soll.

PETER LENZ Das Geld – das Geld verdient es, daß man sich ernsthaft mit ihm beschäftigt.

Auch Geld hat seine höheren Weihen. Weil es das einzige Ding auf Erden ist, dessen Qualität ausschließlich in der Quantität besteht. Alles Interesse am Geld zielt auf die Frage: wieviel?

KATHARINA Die linke Wand entlang und auch die rechte.

PETER LENZ Alles hinter dem Paneel?

In Gold.

KATHARINA In purem Gold.

PETER LENZ Der Preis für die Feinunze schwankt in diesen Tagen um die tausend Dollar – das macht Pi mal Daumen, grob gerechnet, einen Wertzuwachs von …

KATHARINA Der magische Mensch besitzt Gold, das keine Ziffern kennt. Der Geizhals Geld, das er täglich zählen kann.

Mich plagt die Habsucht, Mann. Verstehst du das? Die Sucht nach allem, was ich habe. Und deshalb muß ich's immer um mich haben.

PETER LENZ Es könnte sich verflüssigen und laufend vermehren. Geld heckt Geld.

KATHARINA Mein Gold kann warten.

PETER LENZ Die Zeit arbeitet gegen den Menschen. Das Geld für ihn.

Wen mag er wohl lieber?

KATHARINA Mein Gold arbeitet nicht. Ich arbeite.

PETER LENZ Sie arbeiten? Woran, wenn ich fragen darf?

KATHARINA Ich arbeite fieberhaft daran, einen besseren Eindruck von Ihnen zu gewinnen.

Ich arbeite die ganze Zeit an einem Bild von Ihnen, das mir mehr zusagt als Sie selbst.

PETER LENZ Wie schön, wie spitz, wie bös. Und doch fragt sich der Mann: Was muß ich tun, um diese flinken Lippen für einen Augenblick zum Stillstand zu bringen? Mir scheint, ein Kuß wär doch das beste Mittel.

KATHARINA Ein Kuß? Ach je. Beim Wort schon schmilzt mir der Verstand – unter der Hitze meines Herzens. Und das Herz schmilzt seinerseits unter der Hitze meiner – nun, Sie ahnen es.

PETER LENZ Nennen wir's nicht küssen, sagen wir, ganz kurz nur, wir schweigen mal von Mund zu Mund.

KATHARINA Sie wollen wirklich ran an meinen Rand?

Peter Lenz faßt ihr in den Nacken und zieht sie an sich. Ihr Nacken versteift sich, sie wird halsstarrig.

KATHARINA Meine Lippen sind doch nur die Schnauze.
Mehr sind doch meine Lippen nicht.

PETER LENZ Ich möchte nur mal nippen am Rand einer so gescheiten Frau.
Nur eben kosten, wie sie schmeckt.

KATHARINA Der Wille, mich zu erwürgen, steckt bereits in Ihrer Hand.

PETER LENZ Es geht nur noch um wenige Zentimeter …

KATHARINA Hilfe! Mir steht das Wasser Oberkante Unterlippe!
Heute versuchen Sie meine Nasenspitze mit Ihrer Zungenspitze zu bepinseln.
Und morgen schon werden Sie sie abbeißen wollen.

Sie greift hinter sich und nimmt eine Sparbüchse von ihrem Schreibtisch.

KATHARINA Stecken Sie Ihr Scherflein in den Schlitz.
Vielleicht fällt es mir dann leichter.

PETER LENZ Was haben Sie da? Das Mädchen auf dem Töpfchen, wie es an jedem Frauenabort hängt?

KATHARINA Das ist mein Haussymbol, mein lieber Freier.
Maman kacka. Der Weg zu mir führt durch die Büchse mit dem Schlitz.

PETER LENZ Das halte ich für eine Zote.

KATHARINA Ist es. Ist es.
Berührungen sind gar nicht nötig.
Schönheit kann man ohnehin nicht anfassen.
Manchmal tut es auch ein angespanntes Gegenüberstehen

und zwei, drei Zungenschnalzer. Und man versteht sich schon.

PETER LENZ Wußten Sie übrigens, die Statistik fand es kürzlich erst heraus, daß die Sache zwischen Mann und Frau, der sogenannte Sex, zu fünfundachtzig Prozent aus Geltungssucht besteht?
Nur fünfzehn Prozent gehen dabei aufs Konto unbeschwerter Lebensfreude.
Fast wie beim Geld, das sich meistens ebenfalls aus Geltungssucht vermehrt.

KATHARINA Steck dein Scherflein in die Dose, bevor du weitersprichst.

PETER LENZ Nicht eine Münze in den Taschen! Tut mir leid.

KATHARINA Habgier läßt das Auge blitzen. Geiz macht's stumpf und blöd.
Geld selber stinkt ja nicht. Der Geizige aber riecht.
Er wechselt seine Hemden nicht.

PETER LENZ Man könnte es auch anders sagen: Der Geiz versteift sich und erstarrt in finanzieller Potenz, die sich nirgendwo Befriedigung verschafft.

KATHARINA Sie sprechen vom Ständer um des Ständers willen? Das klingt einleuchtend.
Kann aber nicht das letzte Ziel des Mannes sein. Nicht einmal des geizigen.

Sie schluckt einige Tabletten.

KATHARINA Ich bin krank, Herr Lenz. Das wissen Sie nicht.
Das sind die Pillen, die ich täglich gegen meine Habsucht schlucke.
Habsucht ist 'ne Sucht wie jede andere.

PETER LENZ Sie kennen jetzt den Mann, der Sie davon befreien wird.

KATHARINA Nein.

PETER LENZ Wir führen hier in der Region gemeinsam eine eigne Währung ein.

KATHARINA Nein.

PETER LENZ Ich schlage vor: den Katharinentaler. Reines Umlaufgeld, das man nicht horten kann.
Kein Zins, kein Wucher und Wertverfall auf eine Frist, wenn es nicht ausgegeben wird.

KATHARINA Nein.

PETER LENZ Die Wirtschaft der Region, finanziell fast ausgeblutet, braucht lokale Kaufkraft. Sie schreit nach einem parallelen Zahlungsmittel. Der Katharinentaler löst die Blockade.

KATHARINA Nein.

PETER LENZ Dann bin ich mir jetzt sicher. Und sicher heißt, so sicher wie das Amen in der Kirche. Nächsten Sonntag eine halbe Stunde vor dem Mittagsläuten stehe ich in unbenutzter Hochzeitstracht vor Sankt Agnes und erwarte Sie.

KATHARINA *(leise)* Haben Sie gehört? Ich habe jedesmal Nein gesagt.

PETER LENZ Sie sprechen jetzt sehr leise. Ich wiederhole mich: Könnten Sie es so einrichten, nächsten Sonntag neben mir vor dem Altar zu stehen?

KATHARINA Die Angst, lebendig begraben zu werden, wird heute allgemein damit bekämpft, daß man dem Verstorbenen ein Handy in den Sarg legt. Aber einer Frau, die unter einem Mann begraben liegt, der hilft kein Handy mehr.

PETER LENZ Sie sind viel zu fein, zu leicht und zu

zerbrechlich. Ich würde Sie niemals mit mir belasten. Und schon gar nicht mit meinen Schulden.

Katharina in den Hintergrund. Peter Lenz redet weiter, als stünde sie noch neben ihm.

PETER LENZ Man denkt doch unwillkürlich: So eine Person ist mit Geld nicht aufzuwiegen. Dafür ist sie viel zu leicht und luftig. Es kämen ja nur wenige Scheine in die Schale.

Katharina kommt rasch zurück und stellt sich in die Nähe des Peter Lenz.

KATHARINA Ich möchte Ihnen sagen, daß ich in meinem ganzen Leben bisher nichts Grausameres gehört habe als die kalten, leichtfertigen Worte, die Sie soeben fallenließen. Mittagsläuten ... Katharinentaler ... Hochzeitstracht.

Sie läuft schnell wieder nach hinten.

PETER LENZ *(allein)* Leichtfertig? Kalt?
Mal heißt es, ich durchleuchte Sie mit Röntgenaugen.
Während in Wahrheit mein Auge schwelgt und weint.
Dann strömt auf einmal Kälte von mir aus.
Während ich innerlich verglühe.

KATHARINA *(kommt schnell zurück)* Erläutern Sie mir bitte, und zwar nicht ganz unumwunden,
ein wenig verbrämt und ausgeschmückt, ich bitte Sie,
was Sie da eben so nüchtern gesagt haben!?

PETER LENZ Reden wir unter Ökonomen.
Wenn man mit einem Partner immer dasselbe Spiel spielt, Käufer-Verkäufer zum Beispiel, dann sollte man nicht auf einen raschen Erfolg aus sein. Man

sollte vielmehr seine Gewinnerwartungen langfristig ausrichten.
Daher Heirat. Ehe. Bund fürs Leben. Alles eine Zeitraumfrage.

Katharina läuft schnell wieder nach hinten.

PETER LENZ Eher springt das Kamel aus dem Gleichnis, als daß sich der Reichtum meines Innenlebens durch das Ör meines Mundes zwängen läßt.

KATHARINA *(kommt ein drittes Mal zurück, steht nun dicht vor Peter Lenz)* Ich habe in meinem Leben nie etwas Schöneres gehört als Ihre Worte von vorhin.

PETER LENZ Und ich habe in meinem Leben nie etwas Schöneres vorgehabt, als Sie am kommenden Sonntag ganz in Weiß zu sehen. Blütenweiß oder Schneeweiß, das ist mir egal.

Er will sie küssen.

KATHARINA Kann sein, ich schaue, aus purer Neugier, ob Sie auch kommen, am Sonntag bei Sankt Agnes mal vorbei …

Kurz vor dem Kuß.

KATHARINA Wer ist der nächste? Draußen wartet doch noch einer …

Sie küssen sich. Dunkel.

6 DIE TREPPE
(Die Unkenntliche)

Eine fahrbare Treppe, eine Art Gangway, auf der die Gruppe der bisherigen und künftigen Katharinen im gleichen Kostüm versammelt ist und im Herunterschreiten anhält.
Links neben, halb unter der Treppe an kleinem Tisch Tommi die Nebenrolle.

TOMMI DIE NEBENROLLE Guten Morgen, Katharina.
DER CHOR Guten Morgen, mein Liebster.
TOMMI DIE NEBENROLLE *(vom Tisch aufspringend)* Sage mir einer! Anstelle der Geliebten steigen beliebige ... steigen Frauen die Morgentreppe herab.
DER CHOR Du erkennst mich nicht?
TOMMI DIE NEBENROLLE Warum versteckst du dich?
DER CHOR Ich bin es, ich ganz allein.
Verteilt auf meine guten Geister.
TOMMI DIE NEBENROLLE Ich kann nicht mit allen auf einmal schlafen.
DER CHOR Du magst nicht alles an mir?
TOMMI DIE NEBENROLLE Doch. Ich mag alles an dir.
EIN SOLO AUS DEM CHOR Du mußt dir meine Stimme merken.
EIN ANDERES SOLO Du hast mich gesehen und wieder vergessen. Du hast mich wiedergesehen und wieder vergessen.
EIN ANDERES SOLO Du mußt dir meine Stimme merken.
TOMMI DIE NEBENROLLE Katharina! Ich stehe hier ungeschützt und ganz allein.

Du aber trittst mir in einer Wolke von Frauen unter die Augen …

EIN ANDERES SOLO Das größte Unglück: zu zweit allein zu sein auf weiter Flur, auf leerer Bühne.
Man muß immer seine kleine Compagnie um sich haben.

TOMMI DIE NEBENROLLE Das Rudel, das du bist …

EIN SOLO Könnte es sein, daß Sie mich lieben, weil Sie mich nicht identifizieren können?

DER CHOR Sie müssen sich meine Stimme merken.

EIN ANDERES SOLO Könnte es sein, daß Sie mich lieben, weil Sie mich nicht erkennen?

TOMMI DIE NEBENROLLE Könnte es nicht umgekehrt sein, daß ich Sie nicht erkenne, *weil* ich Sie liebe?

EIN ANDERES SOLO In mir gerieten Alt und Jung in Bewegung. Alle strömten aus mir hervor und steigen nun mit mir hinab.

DER CHOR Was läßt sich Schöneres sagen?
Nach dieser Nacht?
Hattest du nicht ein leichtes Spiel mit mir?

EIN SOLO Du wirst nur eine Episode in meinem Leben gewesen sein.

TOMMI DIE NEBENROLLE Kennst du den ganzen Zeitraum deines Lebens?

DER CHOR Natürlich nicht.

TOMMI DIE NEBENROLLE Dann weißt du auch nicht, wie kurz oder lang darin die Zeit mit mir gewesen sein wird.

EIN SOLO Du fielst wie eine Sternschnuppe durch meine Nacht.

TOMMI DIE NEBENROLLE Erinnere dich, was du dir in diesem Augenblick gewünscht hast.

EIN ANDERES SOLO Die Sekunde, in der das Licht vorbeistürzte, warst du. Alles und nicht mehr.

TOMMI DIE NEBENROLLE Wenn ich die Episode bin, sag mir: Wer wäre dann das Epos deines Lebens? Na! Du schweigst. Du mußt mal deine Zeitbegriffe überprüfen. Vielleicht ist dein gefühltes Leben überhaupt nur eine Montage von Kurzlebigkeiten?

DER CHOR Es ist ... Was soll ich sagen? Wer weiß.

EIN SOLO Es ist, wie wenn man in einem großen Haus voller Menschen, im Gedränge einer Treppe plötzlich bemerkt, daß man irgendwo seinen Schlüpfer liegenließ, vergessen hat, in einem der unzähligen Zimmer bei einem der vielen Handgemenge, der vielen Aussprachen, Verwechslungen oder traurigen Versöhnungen, die man hinter sich brachte ... in einem der vielen Zimmer, die man Hals über Kopf verlassen hat.

Der Chor steigt die Treppe hinunter und verschwindet unter dem Bühnenboden.

7 VOR DER HOHEN TÜR
(Die Stilbewußte)

Im Hintergrund erscheint die hohe Flügeltür, von Strahlern und Messingbeschlägen zusätzlich anziehend gemacht. Wenn sich der Chor zurückgezogen hat, bleiben der Mann und die Frau zurück vor der hohen Tür, in einigem Abstand. Rechts und links, beinah wie Kirchengestühl, schmale, lehnenlose Lederbänke. Die Kredithalle.

DER MANN Katharina, Form!
DIE FRAU Wie sehe ich aus?
DER MANN Du leidest.
DIE FRAU Wir verlieren.
DER MANN Es verbietet sich, vor diesem Geldgesindel auch nur eine Träne zu vergeuden.
DIE FRAU Das Haus, in dem ich aufgewachsen bin. Und die Gemälde. Der Schmuck der Mutter, die schönen Pferde.
DER MANN Autographen, Erstausgaben, Wiegendrucke.
DIE FRAU Sie werden uns alles nehmen.
Ein Federstrich, ein leichtes Spiel.
Wir leben ausgesetzt in einer Wellblechhütte vor der Stadt.
DER MANN Noch steht die Stundung auf der Kippe.
DIE FRAU Der Hammer fällt und schlägt das Nein.
DER MANN Man muß im Leben auch fallieren können.
DIE FRAU Mit dem Besitz verlieren wir die Freiheit. Mit der Freiheit verlieren wir den Stil.
DER MANN Sieh's andersrum. Der Habitus vom Haben

frei, Stil und Schönheit unbeschwert von Eigentum, und du mit viel Gespür die Herrin des Ruins.

DIE FRAU Damit ist alles bezahlt.

DER MANN Hinter dieser bösen Tür berät die Dummheit mit der Niedertracht.
Die Floskel mit der Richtlinie.
Drei, vier gekonnte Zungenschläge unsererseits, und die Zinsstrolche liegen am Boden.
Außer Gefecht.
Sie sollen das Stammeln lernen, das Stottern, Sichverhaspeln, Radebrechen, wenn wir ihr Urteil kommentieren. Sie sollen sich in Ähs und Jeins vor uns winden. «Ich denke mal, ich gehe davon aus», so werden sie noch einmal japsen und dann in einem Pfuhl von ungeklärten Fragen untergehen.

Es ist aufgetreten das Kräutermädchen im kräuterbestickten Kleid mit rundem Ausschnitt. Rings um die Hüfte hängen am Gürtel durchsichtige Tüten mit verschiedenen Kräutern und Kräuterpastillen.

DAS KRÄUTERMÄDCHEN *(hört dem Paar eine Weile zu)*
Wie sie sprechen!
Mann und Frau, beide top, beide fähig und bereit, das Wort zu führen …
Allein der Ton!

DER MANN Katharina, du wirst nervös.

DIE FRAU Der schlimmste von allen ist der Immobilienschieber, der sie berät.
Da hast du unsere ganze schäbige Gegenwart.
Der Mann erpreßt in Dutzend Häusern seine Mieter und legt sein Geld bei Greenpeace an.

Hier zeigt er rücksichtslose Kälte, dort investiert er in den Klimaschutz.

DAS KRÄUTERMÄDCHEN Sie sprechen schön. Ich spreche schlecht. Mein Handicap.

DER MANN Entschuldigen Sie: Uns steht im Augenblick der Sinn –

DIE FRAU Das Wasser bis zum Kinn.

DAS KRÄUTERMÄDCHEN Die leihen mir sowieso kein Geld.
Ich könnte auch die Zinsen nicht bezahlen.
Wieder steh ich vor der hohen Tür und klopfe
höflich auf Mahagoni. Wieder biete ich Beteiligung,
Genußrechte an meinem Kräutergarten.
Man braucht nur eine klitzekleine Summe, um ihn
geschäftlich weiter auszubauen.

DER MANN Laß alle Hoffnung fahren.
Steht auch über diesem Tor.

Eine Mitarbeiterin des Kreditinstituts geht auf das Kräutermädchen zu.

EINE MITARBEITERIN Guten Tag. Sie sprechen mit Evelyn Wiebel.
Was kann ich –?

DAS KRÄUTERMÄDCHEN *(mit dem Handschlag)*
Angenehm enttäuscht.
Ich bin die Rosemarie Willfuhr. Das Kräutermädchen.
Sie wissen schon.

EINE MITARBEITERIN Nicht daß ich wüßte.

DAS KRÄUTERMÄDCHEN Ich habe einen Termin beim Chef.

EINE MITARBEITERIN Heute vormittag?

DAS KRÄUTERMÄDCHEN Er ist immer für mich da.

EINE MITARBEITERIN Wie war gleich Ihr Name?

DAS KRÄUTERMÄDCHEN Sagen Sie einfach: die Kräuterhexe.
Die wissen schon Bescheid.

EINE MITARBEITERIN Dann darf ich Sie bitten, unten im Empfang zu warten.

DAS KRÄUTERMÄDCHEN Nein. Da bin ich schon durch.

EINE MITARBEITERIN *(versucht sie wegzuführen)* Bitte ... !

DER MANN Moment! Portalmamsell! Sie Zinskurve!
Sie fassen das Naturkind nicht mit Ihren Geldzählfingern an!

EINE MITARBEITERIN *(wendet sich dem Mann zu)* Ach?
Ich dachte: Sie sind hier der Menschenkenner.
Ihrem scharfen Auge entginge kein Detail.
Es müßte Ihnen aufgefallen sein, daß ich keine Aktenträgerin bin, sondern im Gremium mit entscheide, das sich da drin über Ihre Angelegenheit seit Monaten den Kopf zerbricht.

DIE FRAU Sie blieben in der Runde immer stumm.

EINE MITARBEITERIN Weil ich, wer weiß, vielleicht das letzte Wort zu sprechen habe? Vielleicht sogar noch heute.
Bald. Warten Sie nur. Bald! ... Bevor der letzte Vorhang fällt ... Bald!

DER MANN Mir scheint, Sie vergreifen sich an einer Sprache, die Sie nicht beherrschen.

Die Mitarbeiterin öffnet die hohe Tür um einen Spalt und schlüpft ins Konferenzzimmer.

DER MANN Hast du gehört?
Die fressen unsere Worte und käuen Sie zu Kauderwelsch.
Die Ochsen grasen auf unserer Redeweise.

DIE FRAU Ein Wortschatz läßt sich leider nicht wie Gold verschließen im Tresor.

DER MANN *(zum Kräutermädchen)* Könnten Sie so freundlich sein, mich mehrmals anzurufen in der Sitzung auf dem Handy?
Wir deuten beide an: Ein wichtiger Geschäftsabschluß steht unmittelbar bevor. Nur zum Schein. Nicht nur ein Mal. Sagen wir, alle drei bis vier Minuten. Bis ich Sie abwimmle, hinhalte. Nur zum Schein

DIE FRAU Mit der tieferen Absicht?

DER MANN Den Kräutergarten auszubauen.

DIE FRAU Ich muß schon sagen.

DER MANN Neuland.

DIE FRAU Ein Kräutergarten.

DER MANN Mir alles recht, womit wir Fristverlängerung erreichen.

DIE FRAU Im Sturz, im freien Fall ergreifst du einen Stengel Thymian.

DER MANN Heilkraut ergreife ich. Sanieren heißt heilen. Man muß immer an die Sprachwurzeln heran.

DIE FRAU Das alles ist so rettungslos umsonst.
Verzweiflung macht den Herrn zum Knecht,
der König wird zum Possenreißer.

Die hohe Tür öffnet sich. Dahinter der unbesetzte Konferenztisch in unwirklichem Licht.

DER MANN Die Tür! Der Garten! Nun zeig, was du kannst, du Katharina.

DIE FRAU Mein Herz, es pocht nicht mal, es kichert. Es verlacht mich.

DAS KRÄUTERMÄDCHEN Viel Glück! Ich rufe an – das erste Mal – in circa zehn Minuten.

Der Mann dreht sich um, macht zum Kräutermädchen das Daumen-hoch-Zeichen und geht dann aufrecht neben seiner Frau in das Konferenzzimmer. Die Flügeltür schließt sich.

Das Kräutermädchen ab.
Unterdessen haben das fünfzehnjährige Mädchen mit seinem Vater und den drei Ratgebern, verteilt auf die verschiedenen Lederbänke, Platz genommen.

DER VATER *(liest aus einer kleingefalteten Zeitung vor)* Suchen hübsche Fünfzehnjährige mit Showerfahrung, Körpermaße …

ERSTER RATGEBER Maureen: du!

DER VATER *(liest)* Topmodel Yvonne, fünfzehn … spektakulärer Fall von Ladendiebstahl … um nicht ganz aus der Zeitung zu verschwinden … landesweite Berühmtheit, und keiner weiß, wie's weitergeht.
Und – hör zu, Maureen! – ein Opfer ihrer kostspieligen Berater!

ZWEITER RATGEBER Nicht trinken nicht koksen nicht huren. Keine Tabletten. Keine Skandale.

DER VATER Alle Termine absagen. Umkehren! Alles vergessen. Ganz normal werden. Schule wechseln. Freunde finden.

DRITTER RATGEBER Sprechen lernen. Besser lächeln. Amerikanische Shows studieren. Hände nicht verkrampfen. Trainee-Programme für Soloauftritt. Top-Coach finden.

MAUREEN Aber ich bin doch schon berühmt. Ich muß es doch nur noch bleiben.
Ich muß mich jetzt darauf konzentrieren, berühmt zu bleiben.

ERSTER RATGEBER Denk an Frieda Brock, denk an Evchen Tollberg, denk an Kristin Scheibler, denk an die Marisa Lebrun. Die hatten es alle bereits geschafft in deinem Alter. Kinderstars, die Erwachsenenstars wurden. Von Jahr zu Jahr berühmter.

MAUREEN Die Scheibler nicht. Die kennt kein Mensch mehr.

DER VATER Aufhören. Bescheiden bleiben. Gute Ausbildung. Krankenpflege. Bankkauffrau. Landschaftsarchitektin.

MAUREEN Aber ich bin doch schon berühmt, Papi.
Ich kann die Schraube doch nicht rückwärts drehen.

DRITTER RATGEBER Sie ist stark genug. Keine Drogen, kein harter Sex, keine Schwangerschaft.
Hygiene, Hygiene und noch mal Hygiene.

DER VATER Die Sieben Todsünden sind: Hoffahrt Geiz Unkeuschheit Neid Völlerei Zorn Trägheit.
Die achte aber ist: die Ruhmsucht.

ZWEITER RATGEBER Es gibt auch den Fall einer Versündigung gegen das eigene Kind, wenn Talent in vollem Maß vorhanden ist.

MAUREEN Die blöden Worte, die ich oft benutze, wenn ich was gefragt werde, die müssen raus aus mir. Ich muß demnächst was Besseres sagen.

ERSTER RATGEBER Das Problem bei dir, Maureen, ist noch immer: der Spagat zwischen Absicht und Wirkung. Du mußt, bevor du den Mund aufmachst, schon mit der Absicht voll auf Wirkung gehen.

MAUREEN Lippen vergrößern.
Schreib auf.

Die hohe Tür öffnet sich gerade so weit, daß eine Mitarbeiterin hindurch kann. Auf ihrem nackten Körper klebt ein großes rotes Kunststoff-X, das die Person von der rechten Schulter zum linken Knie, von der linken Schulter zum rechten Knie durchstreicht.

EINE MITARBEITERIN So. Das war's. Mich gibt's nicht mehr.

Die Ratgeber umgeben sofort Maureen und schützen sie vor der Erscheinung der ausgeixten Frau.

ERSTER RATGEBER Sieh nicht hin.
MAUREEN Davon bleibt mir was.
EINE MITARBEITERIN Menschengeschichte ist Rauswurfgeschichte.
Fängt schon beim Garten Eden an und hört bei mir nicht auf.
Bin offenbar die erste hier, die ihren Job verliert. Und werde nicht die letzte sein.
Hat jemand eine Zigarette für mich?
ZWEITER RATGEBER Rauchverbot!
EINE MITARBEITERIN Nicht für mich.
MAUREEN Davon bleibt mir was.

Der Vater reicht der Mitarbeiterin eine Zigarette und zündet sie an.

EINE MITARBEITERIN Mich gibt's nicht mehr.
Ich rauche, wo ich will.
Die bilanzielle Scheiße hat sich der Vorstand sehenden Auges in die Suppe gerührt.
Faule Kredite, Subprime, Subprime, was nicht alles, der ganze totalverfickte Affenschwanz lag doch offen auf dem Tisch, der Mist ist täglich frisch begossen worden.

Kann ich dafür, wenn sich diese Plattärsche irgendwelche Derivate bündelweise reinschieben, nicht wieder loswerden, ganze Pakete mit ausgelutschten Wurmfortsätzen, wahrscheinlich bis zu zweiunddreißigmal gehebelt? Da fragt man sich, wo sind denn eure dicken Eier, wenn so ein Hodenquetscher
gleich ’ne Springflut von Abschreibungenrauspreßt?
Aber ich muß gehen.
Na! Dann war’s das eben. Gute Nacht.

8 KOMÖDIE DES BETRÜBTEN
(Die Bittere)

Luxus-Suite. Offener Durchgang zu den hinteren Räumen. Die Frau vor ihrem Toilettenspiegel. Der Mann vor seinem Toilettenspiegel.

DIE FRAU Unsere Luxus-Suite teilten wir mit einem jungen Ehepaar. Hochzeitspaar. Oder nur zwei Heiratswilligen. Wer weiß. Jeder von uns saß vor seinem Toilettenspiegel und ächzte bei seinem Anblick. Frisch verheiratet oder kurz davor. Jede Partei wollte die Suite für sich, aber keiner konnte sie komplett bezahlen. Nur zusammen war sie gerade noch erschwinglich.
Das Hotel: nie wieder!
Auf einmal kam sie. Klacker klacker klacker. Als schlügen Fußprothesen aufs Parkett.
(Sie spricht schneller, obwohl die Ankommende nicht schneller geht.) Klackklackklackklack! Grausam!
Das Mädchen, die Braut, kam also frisch verheiratet oder kurz davor zu uns rüber und klickte ihr altes schmutziges Toilettentäschchen dauernd auf und zu. Wahrscheinlich aus Verlegenheit. Ich fuhr sie an: Kannst du nicht leiser gehen in diesen notgedrungen gemeinsamen Räumen?
Sie weinte aber sofort und sagte:

DIE BRAUT Soll er doch sehen, wie er mich ernährt.

DIE FRAU Und trat wieder den Rückweg an. Offenbar hatte sie sich mit ihm zerstritten.
Und er hatte sie fortgeschickt. Zu uns rüber. Aber

ich hatte sie abgeblockt, da ging sie wieder zurück zu ihrem Galan. Klackerte rückwärts ab in ihren Teil. Und alles fing wieder von vorne an …

Der Mann, der in sich versunken neben dem Spiegel saß, erhebt sich, blickt in den Spiegel und sagt:

DER MANN Armer alter Mann!

DIE FRAU Sie kam also zurück. Jetzt trug sie einen schweren steifen Mantel, Mantel mit gehärteten Falten, Mantel wie aus Bronze, steif wie eine Denkmalsfigur oder wie in Marmor gehauen, stocksteif war ihr Mantel. Und sie darunter im hauchdünnen Unterkleid!
Sie schlüpfte heraus und ließ den Mantel mitten im Zimmer stehen.

DIE BRAUT Es hätte nicht viel gefehlt, und Sie hätten mich eben geschlagen.

DIE FRAU Ich? Aber ich saß die ganze Zeit seelenruhig vor meinem Spiegel.
Warum hätte ich dich schlagen sollen?

DIE BRAUT Ich hab das im Urin. Ich glaube, es fehlte nur ein einziges falsches Wort.
Und Sie hätten wie wild drauflosgeprügelt.

DIE FRAU Hat das Sinn mit uns beiden?

DIE BRAUT Muß ja.

Sie geht wieder zurück.

DIE FRAU Ihr Mann – ihr Zukünftiger – war schwarz. Ein Schwarzer – ein Farbiger – im schwarzen Hemd und schwarzem leichtem Mantel. Aber mit einem geschienten Finger in weißer Bandage. Die Hand mit weißem Finger, weiß gewickelt, hing in schwarzer

Schleife vor seiner Brust. Da stand nun der Schwarze mit seiner weißen Verletzung im offenen Durchgang zwischen unseren Apartments und wollte sich bekannt machen mit uns.

DER SCHWARZE *(tritt hinter dem Vorsprung des Durchgangs hervor)* Also wir machten uns fertig, die Frau und ich, na ja, wir waren früh dran, von uns zu euch rüber, das ist nicht weit, ich sagte: Wir haben gerade noch die Zeit, um ein paar Tropfen Honig zu schlecken. Aber der Frau, meiner Frau war auf einmal übel. Oh, sagte sie, ein bißchen schlecht ist mir. Ach, sagte ich, was ist los mit dir? Ich weiß nicht, sagte sie, das kommt wohl vom vielen Honig, waladiwalada. Welchen Honig meinst du? fragte ich, mein Honig schmeckt dir wohl nicht?

DIE BRAUT *(kommt von hinten und stellt sich neben den Schwarzen)* Überall, zu Besuch und anderswo, erkannten mich die Leute, sobald mich einer nur von ferne sah. Sie erinnerten sich an einen hysterischen Anfall, den ich angeblich hatte wegen meines Mantels irgendwann irgendwo. «Der Mantel!» riefen sie, ich hieß nur so, und schon von weitem: «Le Manteau!» rief die Frau am Arm meines früheren Verlobten. Henri! Der sich irrsinnig freute, mich wiederzusehen, denn er quetschte sich durch die dichtgedrängte Menge, kam mir entgegen und umarmte mich. «Le Manteau!», auch er. Kurz darauf bemerkte ich, daß er das linke Bein nachzog, was er früher nicht getan hatte.

DIE FRAU So waren wir eben. Jeder in seinem Mitteilungsdrang. Jeder in seinem Endlich-Sich-Aussprechen-Dürfen. Jeder in seinem Drauflosreden, ohne zu wissen, worauf's hinausläuft.

Der Schwarze und die Braut, bei ihm eingehakt, nach hinten ab.
Der in sich zusammengesunkene Mann richtet sich auf und blickt wieder in den Spiegel.

DER MANN Armer alter Mann.

DIE FRAU Es gibt wenig, das du nicht ablehnst oder heruntermachst. Das Brot ist dir zu lasch gebacken, die Kartoffel nicht würzig genug. Die Wände zu dünn, das Wetter ein tobsüchtiger Gnom. Die Stadt dumm und öd. Der Konzertbetrieb eine Vorhölle. Die Menschheit insgesamt ein Versagerpack. Selbst kinderlos, liest du am liebsten Zeitungsberichte, die von mißratenen Kindern handeln. Der große Hunger auf die Frau – auf einmal ist es bloß «das bißchen Sex, das macht den Kohl doch auch nicht fett».

DER MANN Ich finde mein Pillendöschen nicht. Das silberne mit der Achatnuß auf dem Deckel.
Das ständige Suchen nach Schlüsseln, Handys, Kreditkarten.
Das ständige Abklopfen aller Taschen in sämtlichen Kleidungsstücken.
Und wiederum das Suchen nach Schlüsseln, Pillen, Handys und Kreditkarten.

DIE FRAU Ich wühle, du wühlst, wir wühlen.
Das ist beinah noch das Beste, was wir gemeinsam haben. Kramen, kramen, kramen. Den ganzen alten Plunder immer aufs neue durcheinanderbringen: Das ist das Leben.

DER MANN Wenn du wühlst, wühlst du wie ein Tier.

DIE FRAU Nie ist der Mensch unschuldiger, als wenn er sucht und wühlt und kramt.

Nichts lenkt ihn besser ab von seinem Unglück als die kleinen Mißgeschicke.

Es klopft an der Zimmertür. Die Cousine schiebt sich durch die Tür.

DIE FRAU Und dann kam *sie wieder*, die Cousine mit der prallgefüllten Einkaufstüte aus dünnem Packpapier, trat ins Zimmer und hielt die hohe Tüte mit beiden Armen: wechselnd mit den geflochtenen Händen unter dem Tütenboden oder mit der linken Hand drunter und der rechten drauf oder regelrecht vor den Bauch gedrückt und umarmt, während sie, vom Einkauf völlig erschöpft, auf die Aufforderung wartete, die pralle Tüte endlich irgendwo abzusetzen ...

DIE COUSINE Ich habe keine Kiwis bekommen!

DIE FRAU ... sagte sie laut und entsetzt.

DIE COUSINE Ich hab's vergessen. Oder ich hab keine bekommen. Mein Gott, ich weiß es nicht mehr. Ist das so wichtig? Du siehst doch, ich bin vollbepackt bis obenhin. Soll ich etwa noch mal mit der Tüte vorm Bauch losrennen und mir irgendwo Kiwis reinstopfen lassen?!

DIE FRAU Ja! – erwiderte ich kurz. Es genügte ein Augenblitz, und Fräulein Ötzi, die Guterhaltene, ging, ohne zu protestieren oder zu fluchen, sie ging vollbeladen, wie sie war, mit ungeheuer weichem Gehorsam wieder hinaus.

Sie blickt in den Spiegel, wendet sich an den Mann.

DIE FRAU Und nun beginne bitte mit deiner Rede auf mich fortzufahren.
Konzentrier dich, die Generalprobe für heute abend.

DER MANN Die Spiegellampe flackert.

DIE FRAU Ich sehe das. Es macht mich wahnsinnig.

DER MANN Ich bin dankbar, daß du bei mir warst, deine Wärme neben mir so viele Jahre, Kitty, ach! Und wir gingen aneinandergeschmiegt, Frage an Frage, alles vergessen im Mittag zwischen den Trümmern von Messini.

DIE FRAU Niemand außer uns kennt die Episode von Messini. Konzentrier dich. Beginn mit etwas Allgemeinem.

DER MANN Du hast gar nicht gehört, *was* ich Schönes gesagt habe.

DIE FRAU Lange schmale Tafel mit bald zwei Dutzenden Gedecken … Riesiges Rosengebüsch begrenzt, bekränzt die Tafel von allen Seiten … aber trotz der vielen anderen wir beide allein. Ein leichtes Spiel für dich, wenn du aufstehst und «deine Rede auf mich» hältst; denn ich am anderen, sicheren Ende der Tafel sehe nur dich.

DER MANN Aber hörst du denn gar nicht, *was* ich dir sage?

DIE FRAU Warum sackst du wieder in dich zusammen? Rutsch nicht auf deinem Stuhl, weil du es wieder nicht schaffst.

Also du sitzt da und schweigst. Jemand, den ich noch ausfindig mache, kommt zu dir und bittet dich, aufzustehen und mit deiner Rede auf mich zu beginnen.

Steh auf!

Und nun beginnst du. Alle sitzen und plaudern. Sie scherzen oder sehen steif umher.

DER MANN Wann beginne ich?

DIE FRAU Du klopfst ans Glas.
DER MANN Sie überhören es.
DIE FRAU Du klopfst lauter, du stehst auf.
DER MANN Was, wenn andere auch aufstehen, zufällig, im selben Moment?
DIE FRAU Du bist vorbereitet.
DER MANN Nicht auf Unvorhersehbares.
DIE FRAU Willst du nicht über mich sprechen?
DER MANN Doch.
DIE FRAU Dir fällt zu mir nichts Passendes ein.
DER MANN Doch.
DIE FRAU Aber?
DER MANN Aber nichts.
DIE FRAU Nichts werde ich am Abend meines Fünfzigsten zu hören bekommen.
DER MANN Doch. Ich werde improvisieren.
DIE FRAU Worüber?
DER MANN Über dich.

Im Durchgang erscheint ein blonder Mann im weißen Morgenmantel.

DER BLONDE Gehört Ihnen vielleicht das Silberetui mit der Nuß?
DER MANN Mein Pillendöschen!
DER BLONDE Es lag im Nachttisch meiner Frau.
DER MANN Stiehlt sie?
DIE FRAU Wer sind Sie? Sie sind doch nicht der Schwarze von vorhin?

Sie nimmt das Pillendöschen.

DIE BRAUT *(kommt hinzu)* Wie siehst du aus?
Der Morgenmantel paßt dir nicht.
Zurück ins Zimmer.
Zieh dich um.

DER BLONDE Kaum zu glauben. Hans im Glück. Dabei war ich vor kurzem noch der Mann im Mai, der seine Winterreifen durchs Treppenhaus schleppte, hinaufrollte bis in den fünften Stock, erfolgreicher als Sisyphos allerdings, aber doch so ähnlich sich abrackernd und so arm, daß in meinem Wohnzimmer vier Winterreifen gestapelt lagen, den ganzen Sommer über, weil ich mir keine Garage leisten konnte. Das hab ich hinter mir, das kommt nie wieder.

Der Blonde nach hinten ab.

DIE FRAU Ich bitte Sie, verraten Sie uns: Welchen Mann genau werden Sie heiraten?
Auf wen sollen wir uns einstellen? Wer verbringt die Nacht mit Ihnen – mit uns in diesen sehr, sehr durchgängigen Räumen?

DIE BRAUT Ich finde, der Blonde kommt genauso in Frage.
Jedenfalls solange der Schwarze in der Stadt zu tun hat.

DIE FRAU Wir haben gemeinsam eine lange Tafel bestellt.
An einem Ende feiere ich meinen runden Geburtstag, am anderen Sie Ihre Hochzeit. Oder was Sie da treiben.
Man muß gewisse Absprachen treffen.

DIE BRAUT Sie in Ihrer Selbstsicherheit, wie Sie auftreten, wirken auf mich extrem brutal.
Ich bin einfach noch ein bißchen aufgekratzt.
Ich mache mir die Entscheidung doch weiß Gott nicht leicht. *(Ab in die hinteren Räume)*

DIE FRAU Wann warst du bei ihr?

DER MANN Sie stiehlt.

DIE FRAU Als ich Irina vom Bahnhof abholte?

DER MANN Irina?

DIE FRAU Die Cousine.

DER MANN Irina heißt sie. Na schön.

DIE FRAU Und jetzt?

DER MANN Wir sollten alle Wertsachen im Safe verschließen.

DIE FRAU Auch ich habe Geburtstag, auch ich bin ein Mensch mit seinen Feier-, seinen Gedenk- und seinen Jubeltagen. Kaum zu glauben, wie? Sieht man mir gar nicht an.

DER MANN Doch.

DIE FRAU *(in einem plötzlichen Gefuchtel hält und steckt sie das Pillendöschen an verschiedene Körperstellen)*
Such die Nuß! ... Such die Nuß! ... Na, such die Nuß!
Rechts? Links? Oben? Unten? Such die Nuß!
Vorne? Hinten? Such die Nuß!
Rechts oder links?

DER MANN Links.

DIE FRAU *(schlägt das Döschen auf den Tisch)* Da hast du sie!

DER MANN *(räumt die herausgesprungenen Pillen zusammen)* Meine Rede auf dich ist längst fertig.
Ich habe sie aufgeschrieben. Es sollte eine Überraschung sein.

DIE FRAU Du willst sie vor mir ablesen?

DER MANN Ich muß! Du solltest einfach versuchen, das Schöne zu hören, was ich über dich sage.
Du solltest dich nicht von Äußerlichkeiten ablenken lassen, Kitty. Hör genau hin, *was* ich sage.

Es klopft an der Tür.

DIE FRAU Irina?

Die Cousine versucht mit der vollgeladenen Tüte einzutreten.

DIE FRAU Hast du an die drei Taschenlampen gedacht, Fräulein Ötzi?
DIE COUSINE Die drei Taschenlampen ... hab ich vergessen. Oder ich hab keine bekommen. Mein Gott, ich weiß es nicht mehr. Ist das so wichtig? Du siehst doch, ich bin vollbepackt bis obenhin. Soll ich etwa noch mal mit der Tüte vorm Bauch losrennen und mir irgendwo Taschenlampen reinstopfen lassen?!
DIE FRAU Ja.

Die Cousine ab.

DER MANN Wozu brauchen wir Taschenlampen?
DIE FRAU Wir brauchen jeder eine Taschenlampe.
Wir brauchen sie. Und damit Schluß.
DER MANN Aber drei?
DIE FRAU Für jeden eine.
Fertig. Schluß. Aus.
DER MANN *(immer leiser)* Für *wen*?
DIE FRAU Wart's doch ab!

9 BIS ALLES VORBEI IST
(Die Ungehörige)

Eine festliche Speisetafel. Alle Mitspieler darum versammelt, sie hören dem Berühmten zu. Eine junge Frau, die Ungehörige, hat Handy und Digitalkamera bereit und versucht immer wieder die Zelebrität zu filmen und zu blitzen.

DER BERÜHMTE Wir kamen an eine Kreuzung und standen bei Rot. Sie fragte mich, als ich neben ihr auf dem Rücksitz saß und das Fenster heruntergeschwenkt hatte, wie sie am schnellsten ohne ihr Motorrad nach Hause käme in der fremden Stadt. Wir alle im Auto empfahlen ihr die U-Bahn, nicht die S-Bahn gegenüber der Ampel. Die Station lag gleich neben der Fahrbahn, und sie schien auf einmal verwirrt, öffnete die Tür, nahm ihren Motorradhelm und wollte auf die andere Straßenseite, immer noch bei Rot. Da zerrten wir sie zurück, und sie zog selbst die Tür hinter sich zu. Dann wurde es grün, und wir starteten. Sie wußte nun, daß sie nicht mehr ganz freiwillig unterwegs war.

Die Ungehörige hat mehrere Blitzlichtaufnahmen mit der Kamera gemacht.

DER BERÜHMTE Bitte, lassen Sie das. Legen Sie die Kamera weg.
Eine höhere Instanz beschloß ihren Tod. Gott gewährte ihn. Wir führten ihn aus.
Für diese Frau hatten wir als Endstation eine unauffällige Stelle im Rhododendron-Teil des Pestalozzi-

parks vorgesehen. Der Spazierweg führte über eine unterirdische Grube, in die wir das Auto mitsamt ihrer Leiche versenkten, eine Hand hing noch aus dem Wagenfenster, und der Motorradhelm, den sie bei sich hatte, tauchte irgendwann im Wegschlamm auf. Er war vom Regen an die Oberfläche gespült worden. Mehrmals gruben wir den Wagen wieder aus, verbrannten die Leiche, verbrannten alle Überreste und versenkten das Ganze wieder. Jeden Tag beim nächsten Spaziergang fiel mir wieder etwas ein, was noch vernichtet werden mußte, und das Fundstück, wie wir es nannten, wurde wieder aus der Falle, wie wir sie nannten, geholt.

Die Ungehörige nimmt das Handy vors Gesicht und visiert den Berühmten, steigt dann auf einen Stuhl und filmt ihn mit dem Handy.

DER BERÜHMTE Ich hatte Sie gebeten, das zu unterlassen. Hab ich mich nicht deutlich ausgedrückt?

Die Ungehörige setzt sich wieder, spielt mit ihren Apparaten. Visiert den Berühmten im folgenden durch den Sucher, nur kurz, so daß er lediglich leicht zögert und dann weiterredet.

DER BERÜHMTE Eines Tages – niemand kam uns auf die Spur – verspürte ich das elende Bedürfnis, die Sache endlich auffliegen zu lassen. Es geschah auf dem Fußballfeld. Die Mannschaft der Untersuchungshäftlinge spielte gegen eine Auswahl der Kripo. Darunter der freundliche Kommissar, eine Seele von Mensch, der mit der Sache befaßt war. Ich nahm ihn beiseite. Ich sagte: Ich kann Ihnen auf der

Karte genau die Stelle zeigen, an dem sich die Falle befindet. Es war mir unmöglich, etwas anderes als unser Deckwort zu benutzen, die Falle, so daß er mich nicht recht verstand. Auch gelang es mir nicht, unseren täglichen Weg auf der Karte ausfindig zu machen.

Die Ungehörige nimmt die Digitalkamera und fotografiert. Wechselt zum Handy und filmt den Ausbruch des Berühmten.

DER BERÜHMTE Ich verlasse auf der Stelle den Raum, wenn Sie nicht sofort aufhören, mich zu filmen. Sie verletzen meine Persönlichkeitsrechte. Es ist eine Unverschämtheit, die ich mir nicht bieten lasse. Hören Sie auf!

MEHRERE AM TISCH Aufhören! Legen Sie doch endlich die Kamera weg! …

DER BERÜHMTE Irgendwann, so dachte ich, muß ich dem guten Mann doch verdächtig werden. Zumal ich nebenher angedeutet hatte, daß wir unser Fundstück – ich brachte kein anderes Wort über die Lippen – mehrere Male verbrannt hatten, was er aber lediglich als «nicht ganz korrekt» *(macht Gänsefüßchen in die Luft)* bezeichnete. Ich war der Überzeugung, daß er sich in diesem Stadium der Ermittlungen nichts anmerken lassen wollte, um mich in Sicherheit zu wiegen. Schon bald würde sich aus «nicht ganz korrekt» *(macht Gänsefüßchen in die Luft)* ein messerscharfes Indiz schleifen lassen. Ich dachte, während wir so freundlich miteinander plauderten, was ich wohl noch anstellen müßte, um endlich den Kopf in die Schlinge zu kriegen.

DIE UNGEHÖRIGE Ist es so besser, wenn ich Sie bloß anstarre?

DER BERÜHMTE *(springt vom Stuhl auf)* Jetzt reicht's! Unerzogene Leute sitzen hier, unverschämt und rücksichtslos!
Sie haben kein Taktgefühl. Sie haben überhaupt kein Gefühl für einen anderen Menschen.
Lassen Sie mich in Ruhe!

Er will gehen.

MEHRERE Bleiben Sie! Werft doch die Schlampe raus! Es kommt nicht wieder vor.

Der Berühmte wendet sich um, alle sind von ihren Stühlen aufgesprungen, er bezichtigt aber allein die Ungehörige, die sitzen bleibt.

DER BERÜHMTE Ihr Gesellschaftsmenschen seid selbstsüchtig und lüstern. Ein verdorbenes Pack! Bleibt doch unter euch. Laßt mich gehen! Belügt euch selbst. Haltet eure Verabredungen nicht ein, redet schlecht einer über den anderen – mir ist das egal. Ich gehöre nicht dazu.

Der Berühmte geht ab ins Nebenzimmer und schlägt die Tür hinter sich zu. Durch die andere Tür hinter ihm her die übrigen, Gäste und Gastgeber.

DIE UNGEHÖRIGE *(allein an der Tafel)* Alle auf einen Streich.

EIN EMPÖRTER MANN *(kommt zurück)* Eines will ich Ihnen noch sagen –

DIE UNGEHÖRIGE Nicht nötig.

EIN EMPÖRTER MANN Halt's Maul! Zum Kotzen ... !

Er geht ab. Gesellschaftsgeräusche aus dem angrenzenden Raum.
Der Sohn, Gastgeber, führt seinen alten Vater in das Speisezimmer, setzt ihn auf einen Stuhl, den er ein wenig vom Tisch wegrückt.

DER SOHN Warte hier. Bis alles vorbei ist.
DER VATER Gib mir etwas zu tragen, mein Junge.
DIE UNGEHÖRIGE Ist er gaga?
DER SOHN Du hältst es nicht für nötig, dich zu entschuldigen?
DIE UNGEHÖRIGE Entschuldigen?
DER SOHN Für deinen Skandal. Diese primitive Provokation.
DIE UNGEHÖRIGE Primitiv, na. Ich habe dieses Monster gefilmt, einen Verbrecher,
der nach Haftverbüßung mit seiner Mordtat prahlt.
DER SOHN Ein Gast!
DIE UNGEHÖRIGE Mit seiner Story von einer Einladung zur nächsten –
EIN ZWEITER EMPÖRTER MANN *(tritt in den Raum, zittert am ganzen Leib und stößt mehrmals nur ein Wort aus)* Erbärmlich! ... Erbärmlich! ... Erbärmlich!

Er geht wieder ab.

DIE UNGEHÖRIGE Das muß man doch auf Pixel bannen.
DER VATER Gebt mir bitte etwas zu tragen.
DIE UNGEHÖRIGE Ist er krank?
DER SOHN Dein Skandal hat ihn verwirrt.
Er ist einfältig. Einfältig, verstehst du? Keine Intelligenzzecke wie du.

Nichts Ehrenrühriges für einen Mann, der sein Leben gelebt hat.

DIE UNGEHÖRIGE Ich bin die letzte, die –

Wenn er erst drüben ist, jenseits, dann denkt er wieder.

Wie neu.

Gib ihm doch was zu tragen.

DER SOHN Ich lasse nicht zu, daß mein Vater etwas Sinnloses tut.

DIE GASTGEBERIN *(steckt den Kopf in die Tür)* Robert! Komm bitte, er will gehen …

Der Sohn ab.

DIE UNGEHÖRIGE Tür zu! Mach doch bitte einer die Tür zu.

Tür wird vom Nebenraum geschlossen. Der Vater und die Ungehörige allein.

DER VATER Jemand, der ein so schreckliches Organ hat wie Sie.

Den ganzen Abend habe ich unter ihrem falschen Stimmchen leiden müssen.

DIE UNGEHÖRIGE Ich habe kaum etwas gesagt.

Ich bin die, die immer fotografiert hat.

DER VATER *(nickt tief)* Ja. Auf die Stimme kommt es an.

DIE UNGEHÖRIGE Wie kann denn jemand fähig sein, ein so unvorstellbares Verbrechen zu begehen und dann noch Vorträge darüber zu halten?

DER VATER Geben Sie mir etwas zu tragen.

DIE UNGEHÖRIGE Darf ich nicht. Sie sollen nichts tragen.

EINE FRAU *(tritt ein, geht zur Tafel, nascht vom Früchteteller und sagt leise)* Wissen Sie, ich finde Sie widerlich. Ganz einfach widerlich. *(Ab)*

DIE UNGEHÖRIGE Es sollte doch noch getanzt werden nebenan.

DER VATER Ich warte hier, bis alles vorbei ist.

DIE UNGEHÖRIGE Und so jemand läßt sich auch noch feiern.

DIE GASTGEBERIN *(tritt in den Speiseraum)* Albert. Alles in Ordnung? Hast du die Rede deines Sohns genossen? Du kannst wirklich stolz auf ihn sein.

DER VATER Ja. Ich warte hier, bis alles vorbei ist.

Die Gastgeberin ab.

DER BERÜHMTE *(in der anderen Tür)* Ich darf mich verabschieden. Sie hatten ein leichtes Spiel mit mir. Das wird sich rächen.
Wünsche weiterhin Erfolg im Leben. Sie werden mir fehlen.

DIE UNGEHÖRIGE Gleichfalls.

DER VATER Geht er?
Ich kann ihn nicht ausstehen.
So alt wie ich bin, noch nie habe ich mit einem Mörder zu Abend gegessen.
Eigentlich macht man so etwas nicht.

DIE UNGEHÖRIGE Ich bin froh, daß ich dabei war.

DER VATER Sie mit Ihrem falschen Stimmchen.
Den ganzen Abend. Sie hören sich ja selber nicht.

DIE UNGEHÖRIGE Ich habe mit so manchem schon an einem Tisch gegessen.
Einmal saß ich mit dem großen Garaus ganz allein.
Er hielt das Haupt gesenkt, und niemals blickte er mich an.
Nur sein festes dichtes, dichtes Haar sah ich, und immerzu den Scheitel, der sich niemals hob.

DER VATER Was Sie nicht sagen!
Davon will ich nichts hören.
DIE UNGEHÖRIGE Und ich mußte wüste Speisen mit ihm essen.
DER VATER Was sind wüste Speisen?
DIE UNGEHÖRIGE Wüste Speisen, ja.
Auf einem Teller mit Goldrand ein Happen Gras an frischer Erde.
Amuse-Gueule, ein Gruß vom Grab.
DER VATER Was erzählen Sie mir?
Das geht mich doch gar nichts an.
DIE UNGEHÖRIGE Wer weiß, auf wen sein Scheitel gerade zeigt.
Auf wen von uns beiden.
DIE GASTGEBERIN *(kommt und stützt sich auf die Tafel)* Er ist gegangen. Weg. Das ist dir also gelungen.
DER SOHN *(kommt hereingestürzt)* Weißt du, was du da angerichtet hast?
DIE UNGEHÖRIGE Laß uns ein andermal –
DER SOHN Nein! Schluß jetzt! Halt's Maul!
DIE GASTGEBERIN Du willst eine Freundin sein?
Schämst du dich nicht?
DIE UNGEHÖRIGE Ich bin dankbar für eure Einladung.
DER SOHN *(kommt hinzu)* Sie gehen alle. Niemand will mehr an den Tisch zurück.
Das Fest ist vorbei, Kathie.
DIE UNGEHÖRIGE Nach dem Fest ist vor dem Fest.
Sicher gibt's noch ein Dessert?
DIE GASTGEBERIN *(schreit)* Gibt's eben nicht, du Miststück!
Gibt kein Dessert.
Und für dich schon gar nicht.

DIE UNGEHÖRIGE *(leise)* Soll ich gehen?
DER SOHN Du hockst ja immer noch am Tisch.
Willst du hier übernachten?
DIE UNGEHÖRIGE *(leise)* Soll ich gehen?
DER SOHN Fahr zur Hölle, wo du hingehörst!

Er stößt mit einem Fußtritt die Ungehörige mitsamt ihrem Stuhl um.

DIE UNGEHÖRIGE *(am Boden, leise)* Das machst du nicht mit mir! Mit mir nicht!

Der Sohn und die Gastgeberin ab.

DER VATER Letzten Sommer waren wir auf Sardinien. Grauenvoll. Alles kaputt.
DIE UNGEHÖRIGE Andere Leute lieben andere Orte.
DER VATER Wo ist es noch schön?
DIE UNGEHÖRIGE Also die schönen Orte wurden kurzerhand alle ins Jenseits verlegt. Alles Schöne gerettet hinüber, wie man kostbare Möbel auf einen Dachboden trägt, wenn der Fluß das Land überschwemmt und das Hochwasser in die Häuser steigt. Nur Jenseitsfahrten führen noch zu den schönen Orten.
DER VATER Ja. Das möchte man glauben.
DIE UNGEHÖRIGE Dahinsein ist zunächst einmal ewiges Dahinziehen.
Endlos kreist man im Jenseits über seine alten Orte, alle ichverlassen, aber sonst genau wie immer. Nur ohne den, der jetzt über sie dahinzieht. Und was sieht er da unten? Lauter Fälschungen! Retuschen! Dort gehör ich doch dazu, da bin ich gesessen, eben noch beim Festschmaus mit dem Mörder, genau dort saß ich – und schon bin ich weg! Es ist, als habe man im

Tod seinen persönlichen Stalin gefunden, der einen aus allen Bildern wegretuschiert!

DER VATER Stalin! Das ist doch nichts Schönes!

DIE UNGEHÖRIGE Jenseits – das ist unermeßliche, absurde Geräumigkeit. Ich würde sagen: Jeder einzelnen Person, die dorthin gelangt, gehört der ganze Himmel. Man stelle sich einmal den Großen Ozean glatt und zugefroren vor, bedeckt mit Milliarden alter Autoreifen, die jeder an den nächsten stoßen. Das ist das Jenseits-Pflaster, lückenlos. Und nur in einem einzigen dieser schwarzen Ringe ohne Füllung hockt ein nacktes Menschenkind. Das ist dann Unendlichkeit, der ganze große Himmel ganz für dich allein.

DER VATER Das ist doch nicht schön. Alte Autoreifen

DIE UNGEHÖRIGE Nicht schön? Aber viel Platz.

DER VATER Davon hatte ich genug im Leben.
Da käme dann für mich nichts Neues.

DIE UNGEHÖRIGE Die Seligen sagen: Alles, was wir tun, ist schauen. Schauen und leise summen.
Aber der, der lebt, muß denken und sprechen, herumrennen und jeden ansprechen, der neben ihm steht.

DER VATER Das ist es eben.
Aber wenn alle ins Jenseits kommen, dann besteht das Jenseits eben auch aus allen. Und aus sonst nichts.

DIE UNGEHÖRIGE Aber jeder hat enorm viel Platz.

DER VATER Da haben Sie mir etwas in den Kopf gesetzt.
Mit Stalin und den Autoreifen.
Sie müssen aber auch jedem den Spaß verderben.
Schon mit ihrer falschen Stimme.

DIE UNGEHÖRIGE Nur ein Beispiel. Ein Bild für die Unendlichkeit.

DER VATER Das setzt sich fest. Wenn es hart auf hart kommt, fehlt's an allem. Jetzt sind da immer die Milliarden Autoreifen, wenn ich mir Gedanken mache.

DIE UNGEHÖRIGE Komm, wir haben noch nicht genug gesehen.
Wollen Sie was zum Tragen haben?

DER VATER Ja. Das will ich. Allerdings.

DIE UNGEHÖRIGE Tragen Sie die Früchteschale.
Tragen Sie sie angehoben ... so.
Wie ein Butler sie serviert.

DER VATER *(balanciert auf dem rechten angewinkelten Arm die Früchteschale)* Ist das eine Haltung oder keine!?

DIE UNGEHÖRIGE Das ist eine Haltung, die kann sich sehen lassen.
Und langsam geradeaus, ganz gerade.

Die Wand mit den Türen verschwindet. Dahinter eine weite Fläche, dicht belegt bis an die Grenze mit alten Autoreifen.

DIE UNGEHÖRIGE Gleich kommt ein kleines Hindernis.
Da müssen Sie die Füße heben.
Vorsichtig!

Die beiden staksen über die Autoreifen. Die Fläche – mit Hilfe einer Projektion – führt ins Unendliche.

10 SPÄTES MÄDCHEN

SPÄTES MÄDCHEN Rote Zelle mit roter Frau und rotem Bücherbord mit roten Buchrücken, schmaler roter Wandvorsprung zum Aufliegen für jeweils höchstens eine Körperhälfte.
Im Haar die riesenrote Schleife. Sieht aus wie eine, bei der nur die Schleife im Haar wuchs und groß geworden ist, groß und alt geworden, das übrige Mädchen aber nicht.
Eine von denen, die dich durch den «Bunten Abend» führen, den Showteil Deines Lebens. Heute rechte Seite, Wirbelsäule bündig mit Stegkante, abwärts bis zur Kimme. Morgen andersrum, Kopfteil wird Fußteil. Der halbe Mensch links von der Wirbelsäule gut gebettet. Abwärts bis zur Kimme. Schmaler Schlafsteg. Käthchen, spätes Mädchen.

Sie tippt mit einem Zeigestock jeweils auf einen Buchrücken.

Erster Band: Memoiren. Zweiter Band: Ungefähre Memoiren. Dritter Band: Verbesserte Memoiren. Vierter Band: Genaue Memoiren. Fünfter Band: Noch genauere Memoiren. Sechster Band: Stündliche Memoiren. Siebter Band: Minuten-Memoiren. Achter Band: Memoirenminuten.

Wie man auch zittert und sich windet auf seiner Kante, man zittert vor Ohnmacht, man klappert vor Verlangen, umarmt zu werden. Ein Entzug von Kopf bis Fuß.

Noch lang nicht raus der Stoff aus den Knochen, noch nicht ganz aus dem Blut gewaschen. Umarmungen, von denen man heute nicht mehr spricht. Entzug. In die Arme genommen, gepackt, gerüttelt und geschüttelt. Oder wenigstens gestreichelt, liebkost, warmgehalten … Das Alter selbst ist ein Abszeß, eine stinkende Schwäre, die niemand berühren will.

Erster Band.
Der tiefste Krater der Erde befand sich wahrscheinlich in meinem Herzen. Im Herzen seiner armen Liebsten. Ich war erst siebzehn. Eine Siebzehnjährige, obdachlos unter seinem Dach. Ohne Stimme, ohne Zunge, ohne Sprache, in Kunstlederjacke, schwarz, der braune Pulli drunter enganliegend, alte Röhrenhosen schwarz, Pumps mit Plastikriemen perlmuttschimmernd. Schlafloshaar, Fransen über Stirn und Auge. Rotfleckiges Gesicht, linke Hand unterm Ärmel verdreht, Jackenärmel steht über verkrochenem Gelenk. Verlegenheitsärmchen. Wieder im kalten Wind. Jacke ausziehen, Pulli über den Kopf, geschmackloser BH mit Rüschen, schwarz, zur Hälfte die Brüste bedeckend, Halbschalenhalbheiten, schiebt die Beine übereinander, fährt die Blinker auf, sucht ihm zu gefallen. «Ich bin nur ein dünnes Häutchen, Mann, eine Membran zwischen Cleopatra und Tralala, Schwirrsaite zwischen Königreich und letztem Loch … und ein Bauch voll knurrender Stimmen.»

Zweiter Band.
Tommi hätte damals alles mit mir machen können. Ich

liebte ihn einfach. Ich war verrückt nach ihm. Kaum zu glauben. Ich war ihm restlos verfallen. Er hatte dieses ansteckende Lachen … Mein Gott, wer weiß, was aus seinem großen ansteckenden Gelächter geworden ist? Unsere besten Jahre hat es erschüttert. Heute sind die Leute lauter kleine hektische Alleinlacher. Solche, die keine Miene verziehen, wenn du mal was zum Lachen für alle sagst. Die nur den eigenen Schund, den sie zum besten geben, mit ihren meckernden, völlig abgehobenen, einsamen Lachgarben zuschütten. Dadurch wird's auch nicht interessanter. Kein Lachen streut noch den kitzligen Bazillus aus, es hat überhaupt nichts Ansteckendes mehr. Völlig an anderen vorbei und idiotengleich in sich hinein wird jetzt gelacht. Diese Lebensfunzeln, diese Kleinstdarsteller des Menschlichen … des Menschenmöglichen! Und wie gewaltig haben wir alle miteinander gelacht! Wir haben uns geschüttelt und gebogen vor Lachen, am Boden gewälzt, buchstäblich halbtot gelacht, damals. Wahrscheinlich könnte man heute wegen erhöhten Blutdrucks ein solch donnerndes Gelächter gar nicht mehr verkraften …
Ich habe offen gestanden jetzt manchmal die Nase gestrichen voll von der Ersten Person Singular. Mehr ist nicht rauszuholen. Lassen wir's sein Bewenden haben mit ihr.

Dritter Band.
«Eine entsetzliche Bitte», *sie wieder*, noch einmal allein vor der kahlen Wand, die Kraftvolle, die um einen Kampf bittet, irgendein Kräftemessen noch, nachdem sie die Stärksten überwand, um irgendeinen

Kampf noch! Eine entsetzliche Bitte, die ganze Frau, um Besänftigung.

Unwürdige Gegner, die paar, die jetzt noch mit ihr spielen wollen. Hin und wieder ein eitler Nachzügler, der nur kommt, weil er sich gern in ihrer Gegenwart reden hört. Ein Experte, der sich geschickt ausdrücken kann, ausgereifte Sätze aneinanderreiht und genüßlich seine eigenen Worte schmatzt. Ein hohler Silbenputzer, der jede weibliche Endung, wie mit der Nagelfeile gescheuert, ausspricht, sich in vagen Anspielungen ergeht über die «unstillbaren Wunden des Entzückens», die sie ihm einst geschlagen. Wann war das? Wann denn? Wann prüfte ihr damals noch rosenzungenglattes Gesicht diesen Mann und fragte sich damals wie heute: Was werde ich von dir, du Stutzer, davontragen? An Erinnerung. An gemeinsamem Gelächter. Nichts, wie sich zeigt. Sie entsinnt sich seiner nicht.

Auch daß ihr nun häufig etwas hinfiel, oder sie ließ absichtlich etwas fallen wie früher ... ein Zigarettenetui, den Deckel einer Tablettenröhre, zuweilen einen Ring, der ihr vom Finger rutschte. Der Unterschied der Zeit bestand nur darin, daß es früher stets jemanden gab, für den sie etwas hinfallen ließ. Während inzwischen niemand mehr da war, der ihr das aufhob, auflas, bei dem sie sich mit einem besonders huldvollen Augenaufschlag bedanken konnte. So daß jetzt die trockenen Lider gesenkt blieben und sie oft mühsam, oft vergeblich nach dem, was ihr hingefallen, den Boden abtasten mußte.

Vierter Band.
Ich muß sagen, so gesehen, niemand mehr.
Wo wir doch da und dort immerhin ein- und ausgingen.
Wozu war's gut? Einige Männer aus ihren Familien,
aus ihren Berufen, aus ihrem dichten Nebel zu reißen,
einige Männer sogar wie Bäume aus der Erde zu reißen,
einige wenige zu entwurzeln.
Wie die Totenwählerinnen zogen wir sie aus ihren
Daseinslöchern, die Liebhaber herbei aus ihren
Familienlöchern.
Nichts übrig geblieben von Nord und Nebel, schnellen
Rossen. Zwei fransige Wolken mit klaffendem Rachen,
sich gegenseitig verschlingend.
Zwei Wolken ziehen vorbei. Wieder fällt kein Tropfen
über der grenzenlosen Dürre des Landes.
Die uns lieblos machte, Trockenheit.
Abziehende Totenwählerinnen.
Verwüsterinnen, abziehende.

Memorina! Gedächtnislein.
Nemorina. Meine kleine Niemandin.
Hast du dir den mal angeschaut?
Hör auf. Du stocherst in den Männern herum wie in
einer ungemochten Speise.

Fünfter Band.
Lippen müssen zu Lippen. Lippen sind Lechzlippen.
Mund braucht Munddruck. Dieser Mund ist
Saugmund. Dies ist kein Kau- und Quasselschlitz.
Kauen entmündigt den Mund, reden entmündigt ihn.
Bei diesen Vorgängen sind die Lippen fremdgesteuert.
Zweckverfallen. Mein-Dein-vergessen. Und dann ist
da über den Lippen noch etwas Unvergleichliches.

Das Philtrum. Schöne Kannelüre, Schnuddelrinne, durch die der Göre einst der Rotz abging. Und Jahre später die Zungenspitzen einiger Geliebter auf und ab spazierten. Und dann viel, viel, viel später: keine einzige mehr. Der Mund ist zum Versiegeln da. Wer kann ihn denn versiegeln?
Nur ein anderer Mund. Eines anderen Mund, der ebenfalls zum Versiegeln da ist.

Jeden Tag erwarte ich ihn oder einen anderen. Jeden Tag bis – alt, uralt wie die Sibylle, die schrumpft und schrumpelt, ohne zu sterben, weil sie vergaß, den Himmel um ewige Jugend zu bitten, ein winziges ledernes Püppchen, das den Geist nicht aufgeben kann, nur immer lederner wird.

Der Eric und der Caspar, der Thaddäus und der kleine Perceval. Beispielsweise, ich erinnere nur daran, und hier halblagert der Leib, den sie schüttelten und rüttelten vor Glück und Übermut. Leib mit den bandagierten Knien, mit ausgetauschten Hüften. Es ist mir alles so furchtbar gleichzeitig! Ich kann die Jahre nicht mehr sortieren! Ich könnte damals bandagiert gewesen sein und könnte heute geschüttelt und gerüttelt werden. Es gelingt mir nicht, die Stunden des Glücks auf ihre Plätze zu verweisen, mich artig zu erinnern. Sie bedrängen mich, sie kriechen über die Bandagen, wie Würmer dringen sie durch meinen Mund in mein Gedächtnis und zerstören es. Die Stunden des Glücks.

Vielleicht, daß einer, den ich gar nicht kenne, mich wieder schön küßt? Sein spätes Mädchen. Das Nippen am Mund, am Rand eines Menschen, wenn ein Unbekannter vorsichtig andockt, als wollte er nur den Geschmack abnehmen von den Lippen, den Geschmack des späten Mädchens, ein wenig von ihm kosten.

Was gibt's noch? So vieles, was ich ihm noch sagen wollte. So viel Betrug von ihm, seinerseits, dem ich bis heute nicht auf die Schliche kam. Du hattest leichtes Spiel mit mir. Die Sache zwischen Mann und Frau, ich, für meine Verhältnisse, steh da wieder ganz am Anfang. Ich bin nicht klug genug, um das einfach auf sich beruhen zu lassen. Ich bin aber auch nicht klug genug, um hinter die Kulissen zu schauen. Irgend etwas hatte ich noch vor in dieser Sache. Nichts unbedingt Spezielles, aber ein Tüpfchen obendrauf, das fehlte noch, mir. Daran wird's wohl gelegen haben. Meine Ziele waren vermutlich zu hoch gesteckt. Damit stehe ich wieder da, wo ich mit siebzehn stand. Ganz am Anfang. Man hat es nicht rausbekommen, was eigentlich dahintersteckt. Aber wer hätte es dir zeigen sollen? Wer kam ernstlich überhaupt in Frage? Gab es jemanden, der dir wirklich … über alle Maßen … gefiel? Altertümlich. Über alle Maßen. Das Mindeste. Gefühlsaltertümer, das Mindeste, was sonst. Darum dreht sich die ganze Sache. Sonst läßt man es lieber. Oder erwischt's nicht ganz. Wie es mir erging. Frag dich doch mal andersrum. Gab's jemanden, den du … über alle Maßen …?

Sechster Band.
Als ich in der Stadt zu Mittag aß und Luitger mir plötzlich von Tommis Tod erzählte und auch ein

anderer der alten Freunde sagte: Jetzt nach Tommis plötzlichem Tod ... da wußte ich im ersten Augenblick nicht, von wem die Rede war. Ich glaubte einfach nicht daran. Es schockierte mich nicht. Es war mir nicht faßlich. Ich dachte *toot?* Scheint ein obszönes Wort zu sein, four-letter word für abwesend oder so, und abwesend war er für mich seit langem.

Aussortieren, die Kleider, die Bücher, die alten Bekannten, die Pillen, die Redensarten, die Stühle, die Kosmetika, die Teppiche – das gesamte Zubehör dünnen, mit den üblichen Dingen brechen, unduldsam gegen den Überfluß. Das war der Weg, auf dem ich bis zuletzt Verjüngung suchte durch Entgütern.
Allein zu Haus saß ich vor dem hochmütigen Stilleben der Dinge. Allein mit den Dingen, wurde ich uneins mit ihnen. Geräte und Gefäße, Bestecke und Lampen, alle ehedem recht handlich, zu den Händen passend, wurden mir unhandlich, ein Widerstreben war in sie gefahren, gewöhnlich ihre «Dämonie» genannt, und sie fielen mir samt und sonders zu Boden.

Es kommt vor, daß ich mich manchmal meiner weiblichen Stimme schäme. Ich kann mit ihr nicht mehr so brüllen, wie mir's ums Herz ist. Wenn ich schrei, kommt nur Gekreisch. Zu hoch, zu spitz, zu grell. Es fehlt der Schrei von früher, der kugelrund aus den Eingeweiden aufstieg und zwischen den Zähnen explodierte. Das erschütternde Gebrüll, das volltönende, das der Mensch vielleicht einmal, nur einmal in seinem Leben, von absolutem Entsetzen gepackt, von sich gibt, ein Stück vom ganzen großen Menschheitsschrei an sich.

Mach dich nicht lächerlich. Du hast keine eigene Stimme. Du hast nur ein mittönendes Organ. Ein paar Bänder, die von den Stimmen anderer zum Schwingen gebracht werden. Nimm das an. Krieche mit deinem Mund. Verkneif dir das Lachen nicht, wenn deine Mitwelt lacht. Du tönst nur mit, du tönst nur wieder.
Aufheulend mit dem Sturm im Haus, wispernd unter den Geistern, pfeifend wie die Kammer hinter der undichten Tür. Heulend, pfeifend, ich selbst bin der undichte Raum, durch den der Sturm fegt.

Siebter Band.
Mir ist kalt, mich friert's bis in die Zacken meines Schattens. Und meine Hand faßt immer noch kältere Dinge, Wand und Boden verströmen eine Kälte, die hierzulande noch ganz unbekannt. Ganz unbekannt in unserer Hemisphäre. Wenn ich bloß die Finger auf die Mauer setze, führt's schon am ganzen Leib zu Unterkühlung.

Seit ich wußte von Tommi *toot*, färbte sich meine Welt nach seinem Feuerkasten ... seiner End-Röte ...
Man darf sich nicht einbilden, daß die Geister, zu denen man redet, an die man sich wendet und verschwendet vom ersten bis zum letzten Satz, angenommen, sie träten hier leibhaftig ins Zimmer, sich anders verhielten als irgendein öder Partygast nach Mitternacht – sie würden dich niemals so lieben wie du sie.

Zitternd und vag in dünnen Wolken, welch ein kolossales Lippenpaar, Lippenkolosse, flüsternde, weit geschwungen über den ganzen riesigen Horizont! Gnadenreicher Flüstermund, souffliert den vergeßlichen Menschen da unten, souffliert den Unbedarften und Enttäuschten, den Verworrenen und Bestürzten, was sie *jetzt – eben – gerade* sagen sollen!

Man sieht mich stehengeblieben, wie vom Schlag gerührt, im ausladendsten Schritt. Darbietend den Schoß meiner Stirn den Lippen. Der Sonnenflut. Von Nacktheit glänzend ohne Ende. Aber wann war's, daß sich der Schoß entfernte vom Kopf, abwanderte unter den Bauch und sich verdunkelte zwischen den Beinen? Da hob ich beide Hände und wollte sie falten, bitten oder danken, ich wußte nicht was, doch ich brachte sie nicht zusammen, es blieben zwei matt erhobene Hände, die suchten und suchten – zu tasten das Gesicht meines Freunds ... Sehnsucht ergriff mich. Sehnsucht, verdammte, nach seinem Gesicht.

Man kann nicht sagen, daß wir etwas sind, das keine Folgen gehabt hätte.
Daß wir füreinander folgenlos geblieben wären.
Schließlich war's 'ne Zentnerlast, die Jahre hinterher.
Aufgehört, Gespann in vollem Lauf, mitten im vollen Lauf.
Aufgehört, Gespann in vollem Lauf, über den Hügel gesprengt, in die Luft hinauf.
Und damit weg, was so gewesen ist.
Was so gewesen ist: Was für ein weites Land!
Mit einem Menschen so redeverflochten, ein Seil aus vielen Schnüren, unzerreißbar!

Aber ich war die, die nicht mehr zurückwollte …
Katharina, wo bleibst du?
Es gibt kein Zurück.
Zeit raus, Raum rein.
Das ist dann die Folterzelle.
Da ist ein ewiges Rütteln an der Kammer.

Achter Band.
Glock halbdrei. Eisenschlag ohne Hall, der karge Klang in der Nacht, Eisenschlegel, der auf schwingende Eisentafel schlägt, Uhr der Schlaflosigkeit, schweißüberströmt. Der Geist eines Hundes streift über die Bühne, wie macht man das? Der Umriß des Tiers, geformt aus zarten Leuchtfasern, die kaltweiß strahlen, wenn man es anspricht, und erlöschen, sobald man schweigt.

Revue. Alles, was so gewesen ist.
Wie viele Hafenszenen, Matrosen, Wechselbälger: gelesen verfilmt gesehen, egal – alles erlebt. Kopf voll Turbulenzen. Menschenmengen, gelesen verfilmt gesehen. Erlebt.
Spätes Mädchen. Den Kopf voll Gespenster.
Sage mir einer! War's nun ein Theaterabend, oder war's ein Lebensabend voll Theater? Diese Posse! Diese komische Menschenparade … Revue! Alles, was so gewesen ist!
Der ganze Kopf voll Fiesta! Matrosen, Zwerge, schamlose Wechselweiber … turbulente Szenen, Handgemenge, menschliches Gedränge, Possenreißer: alles ich!
Ipse mihi theatrum!

Einmal noch werde ich umziehen. Aus meinem roten in ein grünes Zimmer. Ein Zimmer, bestückt und besternt mit Blüten und Blättern, wiederum gemütlich enge Wände, Stuhl, Spiegel, Kleiderständer, aus allen Ritzen und Fugen stehen langstielige und flachwachsende Pflanzen hervor, von Blättern bedeckt und beschuppt die Wände, dichtbelaubtes Zimmer, grün, gelbgrün, lindgrün, jägergrün. Spätes Mädchen im Grünen, sitzt auf der Couch, Arnika und Preiselbeergestrüpp wachsen aus dem Oberarm, Erde rinnt ihr aus den Fingerspitzen, Labkraut hängt ihr vom Ohr. Immerzu muß sie was abpflücken von Haut und Haar.
Alles steigt herab. Garten Eden wird grünes Zimmer. Alles steigt herab und weiter herab. Paradies sintert durchs Gestein. Tropfen für Tropfen durch den Schädelstein.
Ich sagte: Utopie? Gibt's zwischen dir und mir nicht Utopie genug? Schon mit den Augen fängt es an und zwischen den Beinen: das reine Nirgendwo.

Die rote Kammer verschwindet. In einem der Autoreifen eine hochstielige Grünpflanze und daneben, Rückenansicht, das einzige nackte Menschenkind.

INHALT